戲金戲土

楊麗玲／著

自序：

打死不退

——那些年、那些人、那些事

不管波濤如何洶湧，最終還是會流向大海。

——印度古諺語

是如此。時代洪流濤濤，往前奔去，昔日風華宛如幻影，偶在人們憑弔歷史之際，引發思古幽情和幾句感嘆吧？

而歷史——曾經發生過的那些人、那些事，若連記錄都未曾留下，後世也就無從閱知、無從記憶，那麼，無論昔日風華曾經多麼璀燦光耀，那些曾經，也就在漸漸歲月裡風化、煙消雲散，彷彿，不．曾．發．生。

是因為這樣，我寫《戲金戲土》。以太平洋戰爭前後，迄於九〇年代末的臺灣電影工業發展為背景、而在約莫五十年的時間軸上，以臺語片時期為主體，記錄下我所知道的那些人、那些事。

臺語片時期，一般被定義範圍在一九五五年至一九八一年，在臺灣電影發展史上，興盛一時，是極為特殊的亮段，雖然以現今科技卓越的影視眼光來看臺語片，可能覺得「沒什麼」，無論內容或拍攝技法，都似乎顯得拙劣，但那是真正從臺灣本土冒芽、滋長出來的，初興之際，臺灣整體環境仍處於農業社會、普遍貧窮，百業待興，什麼都缺，缺人才、缺器材、也缺專業，電影的拍攝過程，幾乎全賴土法煉鋼。即使條件貧脊，拍攝總量達一千多部。

但提起臺語片或臺語片時期，現在的年輕人或許一臉茫然吧？即連我自己的孩子，都不知王哥、柳哥、矮仔財、大箍玲玲是誰？但我卻是自幼看著這些電影長大的，那些臺式的無俚頭趣味、人情世故、紅塵紛擾，溫潤著我的童少時光，也為身邊許多人帶來歡笑、以及有點「廉價」的淚水——是啊，看臺語片和歌仔戲是母親生活中最大的休閒，她常在看那些片子時，笑出眼淚，也被灑狗血的情節感動，頻頻拭淚。

笑完、哭完、片子結束，日常生活繼續。

臺語片時代，是一段完全庶民、百分百本土文化滋養的電影歲月。

而這本書中主要人物，是我的一位阿姨，她與夫婿愛電影、投資拍電影、經營戲院，全盛時期，曾在宜花東一帶同時擁有十多家戲院，在臺灣電影史上，他們或許是小人物，卻讓我得以貼身感受、觀察、近距離探知臺語片時期的諸多來龍去脈。

歷史，也就是人與事的發生，而有機會被記錄的，往往是零散碎片，透過小說書寫將歷史碎片縫補百納，努力趨近作者觀照下的內在真實，重現歷史幻影中的波濤洶湧。

拍電影，約莫是最燒錢的一種創作形式吧？一部電影上院線後，票房成功，日進斗金，票房失利，血本無歸，有些甚至排不上院線，無緣與觀眾見面，就被丟進倉庫，形同糞土，輸贏時而比賭博還冒險，但電影人仍前仆後繼，搏浪前進。

書名謂之戲金、戲土，既暗示著拍電影的風險、電影與閱眾市場的微妙關係、也是對於電影人的致敬，即使如臨深淵，困難重重，他們仍滿腔熱血，拿錢命也拿身命在拚，在克難的拍攝條件下，熬磨心血，為了成就一部戲，誠如書中阿部拉說的：「打死不退！」雖然態度吊兒郎噹，這樣的永不放棄，實則帶著某種悲壯的覺悟吧？

很感謝，《戲金戲土》能在九歌出版，並以我為她創作的水墨畫作為封面設計，很欣慰，小說被改編成連續劇，並獲文化部補助三千萬元，卻很遺憾，即將在民視播出之際，說是因考慮閱眾特性、宣傳及收視率等等因素，劇名改為《阿不拉的三個女人》。

也就這樣吧？千呼萬喚，無力回天，是作者無能，人微言輕，只能再大叫一聲《戲金戲土》才是汝ㄟ名、汝ㄟ真身！

楊麗玲

於二〇一六年三月

第一章

「放送！放送！大放送！——臺灣頭一齣，世界第一鼎，正港的臺語片要來咱羅東搬演囉！」

頭戴斗笠、鼻懸紅球、身著小丑裝扮的活動廣告人，扯直喉嚨大聲放送新片上映的消息。他身前提著銅鑼，身後揹著大鼓，鼓鎚由幾條鋼絲綁著連接到腿部，一路行來，每走一步，鼓鎚就自動敲響，咚咚咚的鼓聲撼人耳膜——

不管是許多年前，或是許多年後，也不管身在家鄉，或身在異域，每當那熟悉的鼓聲驀然響起，細漢阿部拉充滿戲感的黑亮眼眸，就忽而猝然潮濕，湧上一層淡淡水光。

那不是淚，而是一種沉醉於眠夢般的迷離之色，他剛硬的臉部線條登時柔和了，仿若有陽光漫泗而入，將他浸沐於流金晃耀之中。樂聲從四面八方傳來，他微瞇起雙眼，隨著樂聲打拍子，眸光恍忽穿透時空，越過一切阻礙，望向悠遠——虛渺中，他又清晰看見方頭大耳的尤豐喜挽著嬌小俐落的郭月鳳，帶領戲班子遊街宣傳的那個午后——

聞名全省的電影片《薛平貴與王寶釧》終於要到羅東上映了。特別為電影宣傳組成的遊行隊伍，浩浩蕩蕩出發。

那不僅是尋常的遊行隊伍，而是一場別開生面的臺灣式嘉年華。

《薛平貴與王寶釧》的演員班底拱樂社歌仔戲團，雖因赴外地演出，不克隨片登臺造勢，但同樣深受歡迎的金鳳社歌劇團卻全員到齊。臺柱小金鳳裝扮的薛平貴英姿爽颯，還有紅極一時的小白光、月春鶯等歌仔戲名伶，都特別趕來助陣。

戲院裡的一干員工，亦全數粉墨登場，裝扮成電影中的各種嘍囉、官兵、丫鬟等，至於平日常跟在尤豐喜手底下討生活的子弟兵們，有的裝扮成卓別林、有的裝扮成勞萊與哈臺，有的還自命不凡地扮成三船敏郎、約翰·韋恩、詹姆斯·史都華……更誇張的是，附近私人小廟三聖宮的廟祝來發伯，竟然請出南管、北管參拜的戲神西秦王爺和田都元帥，與各式陣頭，一路跟隨在遊行隊伍後。

這部允稱全臺灣第一部由臺灣人自導自演的正宗臺語片，在全臺各處上映均引起轟動，在那個一碗陽春麵不過新臺幣一、兩毛錢的年代裡，這部電影曾創下超過百萬元收入的驚人票房，也為日後臺語片的全盛風光揭開序幕。

為了慶祝《薛平貴與王寶釧》的上映，尤豐喜甚且不惜鉅資將戲院重新裝潢，當天，祝賀的花籃、花圈從戲院門口一直排到了路尾，連火車站附近都搭建了畫上彩色電影看板的牌樓。

此外，整條街都掛滿鞭炮，吉辰一到，地方政要、士紳蒞臨剪綵，鞭炮同時點燃，霎時，鞭炮聲震耳欲聾，聲動八方，空氣中硝煙彌漫，歡樂的氣氛，感染了每一個人。

長時陰雨的宜蘭，這天卻是晴陽高照，天色亮藍。康樂隊奏著節奏明快的音樂，樂聲響徹雲霄。歌舞團的小姐們跳舞助興；時而，歌仔戲名伶們唱起歌仔調，間或，歌舞團的雜耍特技，也會即興來上一段表演，至於各式陣頭，當然也不甘示弱，爭相拿出看家本領，把幾頭祥獅、祥龍舞得威猛生動。

間歇的片刻，也絕不沉悶，忽地，鑼鼓聲起，廣告活動人鼓起三寸不爛之舌，大聲宣傳戲院今日開幕上映的第一炮電影。

隊伍所到之處，萬頭鑽動，除了羅東鎮民外，大概整個蘭陽平原上的各鄉鎮市都被這場盛會給驚動了，男男女女扶老攜幼而來，鄰近的流動攤販，捉住機會爭相擺攤作生意，連鎮日群聚於公園裡以聽唱「本地歌仔」為樂，對電影毫無興趣的阿公阿嬤們，也都好奇地趕來湊熱鬧。

當時的細漢阿部拉還沒有得到「細漢阿部拉」的尊號，只是個名喚阿山的十一、二歲孩童，他身穿麵粉袋改製成的汗衫與短褲頭，瘦伶伶的雙腿上面滿是蚊蟲咬傷、枝條鞭笞或破皮凝血的新舊疤痕，小臉蛋髒兮兮地，左頰還略微烏青，他使盡吃奶力氣擠在人群裡，嘴巴張得大大的，兩粒炯亮的黑眸子瞬也不瞬地翹望前方。

站在前導花車上的尤豐喜與郭月鳳，就扮成電影《亂世佳人》的男女主角：「白瑞德」與

「郝思嘉」。高大英挺的「白瑞德」，眉濃耳大，鼻豐臉方，身著剪裁合宜的燕尾西裝，咬著一根雪茄，雖然與電影中的「白瑞德」完全不像，卻另有一股懾人氣勢，顧盼間，神采飛揚，風流倜儻；而臺灣版「郝思嘉」，胸脯雖不甚壯觀，但細小的腰肢卻不遑多讓，濃黑柳長的蛾眉間，透著一股英氣，鼻型秀挺，膚色潤白，略寬的雙頰與微尖的下巴，顯出性格上伶俐明快的特質。

花車上，還有一個瘦瘦小小的女奴，那是日後與尤姓家族、以及阿山命運息息相關的阿蘭，然而當時誰也沒在意，只有從小就認識她的阿山，目瞪口呆地瞧著她。

不！不對！阿山瞧的不是她，阿山的視線是越過她的腦後，盯著飄浮於花車頂上的——的——？呃，田都元帥？還是西秦王爺？不，也都不完全是，那一尊「異象」造型奇詭，色彩斑爛，呈半透明狀，上半身裝扮仿似歌仔戲中的武帥，卻戴著王爺的頭冠，綴珠飾玉，冠帶飄冉，偏偏下半身卻穿著類如小丑的寬大燈籠褲，足不著地，雙掌各持一個鐃鈸，不停地忽上忽下翻拋，發出輕脆嘹亮的音聲。

「戲神……，你們看啦，戲神——」阿山吶吶地嚷出來。

「你戲空（痴）咧，什麼戲神？胡亂喊！」站在他身旁的番鴨嬸婆敲了他一記腦袋。他很不服氣，又叫番鴨叔公和其他童伴們看，同樣被嘲笑一番。

被指為「戲神」的半透明「異象」，忽而回過頭來，朝阿山咧嘴一笑。

阿山心驚膽跳，差點跌倒，踉蹌穩住，再抬起頭來，「異象」已經消失。阿山困惑的眼神，東瞧西望好一會兒。花車頂上、澄藍的天空，一切如常。

沒多久，他也就和所有人一樣，將注意力都集中在「白瑞德」與「郝思嘉」身上。如此豪奢華麗的排場與扮相，真是讓生活於閉塞鄉鎮的當地人大開眼界，尤其「郝思嘉」的綠色禮服，做工精細，滾褶繁複，大圓篷裙上，還繡著飛翔的鳳姿，低胸處掩著一層薄紗，潤白的肌膚若隱若現，雖然根本看不到乳溝，但或許更逗人遐思吧？在場大多數沒見過世面的鄉下人，個個瞧得瞪直眼睛。

而透早就從五結鄉趕來看熱鬧的番鴨叔公，人老嘴漏，口水滴滴落，惹得番鴨嬸婆破口大罵：「死老猴，死沒人哭，嘸驚見笑，也不站旁邊咧，將我一件新衫弄得全是嘴瀾！」引起陣陣竊笑。

番鴨叔公和番鴨嬸婆的這般行徑，讓阿山覺得挺沒面子，他悄悄往番鴨嬸婆的口袋裡摸到一毛錢，就急急往旁開溜。

事後，阿山用那一毛錢買冰宴請童伴。不過當時，他轉個身，與幾個街坊孩童擠呀擠地，終於擠到了人群最前頭，一路追著遊行隊伍跑，爭搶從花車上拋下來的糖果。

那些花花綠綠的糖果，吃在嘴裡甜甜酸酸的，阿山從未嘗過如此美妙的滋味，捨不得一口咬下去，用舌頭舔了舔，又包回沾濕的玻璃紙中，並且藏了幾顆，想帶回去給母親和外婆嚐嚐，卻抵不過誘惑，終究還是全數入了自己的肚子。

事情就發生在阿山將最後一顆糖塞進嘴裡的那一刻。

遊行隊伍到了孔廟附近，穿著戲服的小金鳳正唱著薛平貴回到苦窯與王寶釧相見時的戲文，突然間，天外飛來一顆石子，不知原本預計要打誰，卻恰恰飛向花車的車窗玻璃，匡噹一聲，玻璃碎了，在樂聲的遮掩下並未引起注意，下一秒，大家才發現情況不妙，那顆打碎玻璃的石子，彈向車內的司機頭部，司機發出慘叫，然後現場就陷入一片混亂。

小小的阿山被人群擠來搡去地，和同伴們分散了，還是個孩童的他，再怎麼踮高腳尖，也看不清楚前方究竟發生了什麼事，一下子被人踩到腳，一下子鼻頭又撞進別人的肚子，耳邊只不斷聽到有人嚷嚷：「敢來鬧場？打給伊死！」「要亂了，要亂了，打死人囉！」阿山被擠得幾乎無法呼吸，光著的腳丫子被踩得瘀青，只好死命地往前擠，想擠出重圍。

他運氣不錯，總算鑽出來了，更運氣的是，他鑽出來的地方，正在花車旁邊，那頭，白瑞德、郝思嘉不知何處去了，只見三船敏郎、勞萊、哈臺等大人們慌張地跑來跑去，連迭地喊著：「叫醫生啦，趕快叫醫生！」、「來不及了，揹去比較快……」但這頭，吸引住阿山的視線，讓他雙眼射出光采的，卻是一大包——真的是好大一包——五顏六色的糖果，就那麼毫無遮掩地丟落在已經拉下欄杆的花車平臺上。

在陽光中，那些五顏六色的糖果，比鑽石更耀眼，照得阿山心茫茫、意慌慌，興奮得直嚥口水，他什麼都沒有想，也沒顧及滿地都是玻璃碎片，拔腿就衝過去，爬上花車平臺，連剝了數顆糖塞進嘴裡，又使盡蠻力，想將好大一包糖拖下車——，突然，當頭一個巴掌劈下來，打得阿山整個身子向旁歪倒過去。

「幹破你老母！是誰死無人哭？敢打你爸？啊——」暈頭轉向的阿山還沒掙起身，就先滿嘴穢語，大聲幹譙，待定睛發現扁他的，竟是孩子們的剋星——看管戲院的催命閻羅大目仔簡，幹譙的話語咬在嘴裡，登時「啊」不下去了。

大目仔簡雖未長得滿臉橫肉，但天生表情兇猛，目大如牛眼，鼻如懸膽，還紅如酒糟，鼻頭肉尚且密布碎麻點，兼之高強大漢的體格，虎背熊腰，一開口，聲亮如洪鐘，活脫脫是現代版鍾馗的模樣，不僅小孩驚怕，連大人都畏懼三分。所以在那個看白戲還相當囂張的年代裡，是看管戲院的最佳人選。

「猴死囝仔，敢想要偷拿糖仔？摃給你死！」大目仔簡吼，拎小雞般地拎起拔腿欲溜的阿山。

「我流血了啦，嗚——我流血了啦！」阿山拉開嗓門哭喊。方才不顧一切往那包糖果衝過去，赤足踩到碎玻璃的痛，原本毫無感覺，這會兒倒幫助阿山成功擠出了幾滴淚。

「放開他，小事情不要這樣為難囝仔。」

耶?!是「白瑞德」和「郝思嘉」，原來他們一直就在附近，聽見喧嚷，走過來，替阿山解了圍。

「囝仔兄，有要緊莫？血流這呢多——。」

相貌堂堂的尤豐喜竟然蹲下來察看阿山的赤腳，還稱呼他「囝仔兄」，讓向來被罵「猴死囝仔」的阿山耳順極了，當下自作決定，視對方為換帖的。

「足痛，足痛耶，嗚……」阿山嗚咽著，卻再也擠不出淚，被淚痕濁污的大花臉上，黠慧的黑眸子，得意洋洋地瞄了瞄大目仔簡。

「咦？你是阿鳥的囝子嘛？來，我帶你去抹藥。」

郭月鳳的聲音同樣悅耳極了，她不僅放下手邊的事，馬上吩咐人抱阿山去敷藥，還順便奉送了那一大包散發著天堂滋味的糖果給阿山。阿山感動之餘，當下又決定，擴大換帖的對象，將郭月鳳也名列其中。

總之，這是阿山與尤豐喜、郭月鳳互相認識、搏感情的正式開端。

雖然事實上，因著母親幫傭，阿山早就在尤家登堂入室多年，與尤家的幾個孩子玩在一塊兒，趁大人沒注意的時候，當囝仔王領著眾家孩童四野去瘋。

要不就終日流連於尤豐喜經營的多所戲院，東遊西蕩串門子，日日夜夜看著電影、歌舞團、布袋戲、歌仔戲渡日。只是尤豐喜與郭月鳳一直未曾注意到有阿山這號囝仔屁存在。

自從親眼目睹《薛平貴與王寶釧》上映時的盛況，一票難求的觀眾擠破了戲院大門，人潮滾著錢潮洶湧而來，拍電影、開戲院，「賺錢像用抔的」印象，就鮮明地烙在阿山小小的心靈中，讓他對電影這個行業產生了近似崇拜的情結，自此與電影結下不解之緣。

終其一生，不管電影這個行業如何起伏顛仆，如何風起雲湧，搏浪其中的阿山，數度險險慘遭滅頂，但只要還掙得出一口氣，他就猶原與電影的命脈同步呼吸，在阿山的心目中，有人是天生的生意仔，而通臺灣真正的電影仔，則他的換帖尤豐喜和郭月鳳，勉強可以排第二、第三，至於第一，當然就非他莫屬。

●

其實，早在還是一枚受精卵的人生之初，阿山就知道電影是什麼了。他的母親，一個族名打鳥嘴．撓給嚇、漢名喚作吳阿鳥的噶瑪蘭少女，像奇蹟般未婚懷孕，少女並不知道自己的身體為什麼突然發胖，倒是她的母親看出來了，皺著眉頭明查暗訪許多天，竟沒有多說什麼，就作主將她嫁給了尤豐喜的長工尤泉當老婆。

尤豐喜這個外地來的小夥子，因著一場在火車上談起的戀愛，把戲院事業從花蓮拓展到宜蘭地方來。那時節，二二八事件已告平息，恐怖氣氛雖仍餘波蕩漾，但社會上已大致恢復正常生活，即使百業依舊蕭條，戲院業卻一枝獨秀，生意興旺，並且多由地方勢力把持，外來客鮮少能分得一杯羹。唯獨尤豐喜卻能廣闢門路，向接收日系戲院的臺灣電影事業有限公司承租了多家戲院，經營得有聲有色，並且落地生根，建立了足以與地方勢力相抗衡的人脈關係。

頭方耳厚、闊嘴吃四方的尤豐喜，還因緣際會地趕上了戰後太平山林業的全盛時期，雖未直接參與經營，卻也私下以投資名義插上一腳，長工尤泉就長期被派駐山上，至於他平白撿來的噶瑪蘭老婆——尤吳阿鳥，反倒隨著尤豐喜和他的新婚老婆郭月鳳落居羅東，開始了漫長的幫傭歲月，每天洗、煮、擦、掃，忙完瑣事，還得到戲院去清理廁所，但這卻是阿鳥一天裡最開心的時刻。

當時，地方戲院陳設簡陋，常是布袋戲、歌仔戲、歌舞團、電影混演，也還沒有實施對號入座，戲院裡，長條椅凳一列列排開，誰佔到哪個座位就是誰的，阿鳥總是早早就佔據了中間最好的位置，即使生產前一刻也不例外。

而據說阿鳥臨盆那天早上，戲院附近曾莫名地下起冰雹，厝邊田尾該開、不該開的花全數開了。雖說多雨的宜蘭一年要下兩百天左右的雨，但若說下冰雹，簡直就是天方夜譚，誰相信？但老一輩指天誓地說：「怎沒影？伊日聽說很多人險險被冰損到跑沒路，四界的花攏總開，香到像踢倒香水……」

荒誕的傳奇，在日後阿山闖出名堂時，就跟緊了他一輩子。

但是，言者鑿鑿，都是誰誰誰曾聽誰誰誰說起，究竟誰真正親眼見識過？似乎沒有誰認真追究過。人們只是說，異象頻生，不是佛祖誕生，就是混世魔王要出世。不過最初，人們卻沒有將這異象與在阿鳥子宮裡日漸茁壯的阿山聯想到一起，即連阿山的母親的母親陳吳惜粉也沒有料到。

阿鳥當然更沒有料到，她身強體健，挺著個大肚子，做起事來抵得上兩個女人。由於本身就是戲院的人，她比一般觀眾更容易獲知內幕消息，知道當天戲院不演布袋戲，而是要上映真正的電影片，趁著打掃演映空間的同時，一個花枕頭早已搶先佔據長條椅凳上最好的位置，掃完廁所，人就閃進了戲院。

問題是，觀眾可不管什麼先來後到，搶到的先贏，阿鳥的花枕頭被踩在地下，長條椅凳上的位置則被一個大大的女人屁股取而代之。阿鳥衝過去，哇啦啦大嚷，那胖女人也不甘示弱，兩個女人當場就吵了起來，一個指天罵地，一個橫眉豎目，鬧得不可開交。三排長條凳之外，亦是戰火喧囂，那是兩個家庭，因搶攻座位而拚搏，男主人捲起袖子、摩拳擦掌地，頗有當場幹架的態勢，他們的女人互相謾罵，而旁邊，孩子們早就扭在地上互搥個你死我活了。

替尤豐喜管理戲院的大目仔簡趕過來調解。

尤吳阿鳥哪裡還敢繼續吵？雖說尤豐喜從來不禁止底下人免費看戲，但與客人爭位置卻是大忌，大目仔簡的牛眼一瞪，尤吳阿鳥的氣焰就矮了百分之九十九點九九，她用黑眸中那僅餘百分之零點零一的怒氣狠狠地瞪了那胖女人幾眼，馬上擰起爆裂出鴨毛的花枕頭，悄悄溜開。

事和生意興，是大目仔簡的最高理念，他攘開扭打起來的兩邊家庭成員，揉著酒糟鼻頭說：

「攏是好厝邊嘛，何覓苦？大家相讓咧……」他雖是盡量軟聲軟氣了，但天生的「沮迌」（流氓）氣，讓人少敢當面說不，一場糾紛自是馬上銷聲匿跡。

燈光暗下來了。

銀幕上才剛出現對焦未準的影像，舞臺旁小桌子前的辯士，就一拍響板，介紹起劇情。那時節，臺灣已漸漸進入有聲電影階段，但片源奇缺，鄉鎮地方亦常播映黑白默片，電影片上並無字幕，辯士的地位仍相當重要。這位辯士則身分更為特殊，他原是基隆一帶某小學校長，但二二八事件發生後，解聘了許多臺省籍校長，能說擅寫的他，輾轉遷至羅東，於今，偶爾客串起辯士賺些外快。

這天，說是演的《人生悲戀曲》，不知為何畫面一再出現戰爭的轟炸場面。只聞辯士氣定神閒地拉開嗓門：「這是跑空襲，煞來拆散一對鴛鴦戀人……啊——！宛然一陣無家可歸的燕子……」劇情馬上合理了，觀眾們噢一聲，回應得恰到好處。辯士唱作俱佳，畫面上不過是男女相擁，他就頻頻咋舌嘬嘴發出親吻聲，將劇情逗得香豔刺激無比，插科打諢的笑話穿插其間，惹得臺下哄笑連連，有些母親則一邊笑得擦眼淚，一邊罵：「夭壽哦，也不管現場囝仔這呢多！」

遇到士兵開槍的畫面，辯士嘴裡及時發出噠噠噠的特效，「哎唷！男主角中彈了！」辯士驚聲一嚷，將劇情帶上高潮，旋即轉動留聲機播放哀傷的音樂，同時假擬著女聲唱起來：「雙手挽著阮夫君，雙港目屎若倒油，目屎一粒斤外重，練落塗腳煞兩空……嘤……」末了還啼哽幾聲增添效果。

臺下，情感豐沛的婦女同胞們早就紛紛掏手帕、抹眼淚，擤鼻涕聲不絕於耳。連走場賣餅乾、瓜子、飲料的小弟都被情節給吸引，嘴巴張得大大的，客人的叫買聲都沒聽見。

「哇──！」突然一聲孩子啼哭！緊接著，「啪」一下清脆的耳光聲，然後是女人尖嗓的破口大罵：「死囝啊，吵要來看電影，一直在那裡亂，叫你別欺負阿弟，你是安怎？返厝給你一頓粗飽！」被打的孩子也大哭起來。

「你嘸看電影，別人要看，囝仔帶出去啦，免在那邊吵！」受到干擾的觀眾發出不平之鳴。做母親的連聲道歉，招手向賣零嘴的小弟買了兩瓶汽水，壓低聲連哄帶恐嚇地，告誡孩子不准再哭。

轟亂的場面這才略為好轉。人們繼續看電影，也繼續邊嗑瓜子、邊啜汽水，滿地落花生殼，擠在場中走賣零嘴的小弟走過來、踩過去，發出陣陣嗶剝聲。

卻在此時，電影中的女主角要生產了，產婆忙進忙出。

臺下，很委屈地擠在走道邊站著看電影的尤吳阿鳥早已肚疼許久，卻還雙眼癡癡盯著銀幕不捨離去。突然，她感覺體內一陣騷動，下體像潮水泛濫般湧出大量滑油油的水，尖銳的疼痛與恐懼，使她顧不得體面尖叫出來，推開驚惶不知所以的人群，衝往廁所。

阿山就是在這種情況下，沒有讓他母親受到什麼苦楚，順利地產在廁所裡。

第二章

許多年後，當阿山逐漸成長，十四歲起，就在尤豐喜手底下幹活兒打雜時，臺灣的電影業已比光復初期要進步許多，簡陋的戲院，設備大為改善，好歹是必須對號入座的，雖然在片源不足時，鄉鎮間的地方小戲院仍會以一些黑白片或走私進口的日片充數，但默片時代的辯士風光已然走進歷史。

「天出虹，要落雨囉！」戲院隔壁賣烤香腸的阿婆望著天光說。

雖是難得出個大太陽，但阿婆既如此說，已經由大目仔簡升格為大目仔伯的簡大目就信她，拿來一塊油布交給阿山。「莫顧耍，送片就要卡謹慎咧，知莫？害人家片子接不上，返來你就知死！絕對剝你的皮！」大目仔伯瞪著牛眼，敲了敲阿山的腦殼說。

「安啦，交給我妥當啦！」阿山咧嘴一笑，將片盒綁妥在後座，蓋上油布纏緊，很臭屁地拍拍胸脯，跨上鐵馬，揚長而去。

他伸長腿踩著腳踏板，聳高而結實的屁股，也像隻公鵝似地左搖右晃。

歹命仔吃壞勤做，身子骨反而勇健。按照尤吳阿鳥的母親，也就是阿山外婆的說法，應該是早產兩個月的阿山，卻自幼就少有病痛，長得比同齡孩子更高更壯，才十三、四歲身形就像個大人似地，手長腳長，連著快騎一小時鐵馬，也不曾哼一聲累。

那個年代，影片拷貝稀罕珍貴，遇到好片子，為了讓幾家戲院能夠同步上映，腦筋轉得快的尤豐喜也將臺北跑片的那套招術借用過來，幾家戲院把上映時間錯開，甲戲院映完一捲，就往下快送到乙戲院，乙戲院映完，復又快送往丙戲院，如此就可以多家戲院共用一套拷貝。

腳程快的阿山，當然是充當跑片小弟的第一人選。而跑片——運送拷貝，是分秒必爭的，即連途中經過平交道幾次，等候火車通過的時間若干，都得算準掐緊，否則萬一延遲了，上一捲拷貝映完，下一捲拷貝沒趕得及送上，無法接續的電影就會半途斷片。所以自許優秀的跑片小弟，莫不把趕在第一時間送達視為最高任務。聽說外縣市還曾經有個跑片小弟，在跑片途中遇上車禍，傷得渾身是血，卻還是咬緊牙根爬起來，拚命將拷貝送達戲院，才鬆口氣昏倒在地，讓人送往醫院，差點因為失血過多救不回來。這傳說雖然誇張，但大目仔伯卻常拿來當教材，唸得阿山耳朵都快生繭了。

別人跑片或許戰戰兢兢，阿山跑片可是像吃鹹粥——閒閒扒，自幼就是囝仔王的他，成天在外頭到處亂竄，到哪裡都是熟門熟路的，就像他常誇口的：方圓百里內的路沒有一條不認識他。

這會兒，離開了大目仔伯的視線，阿山愉快地吹著口哨，車行經過熱鬧的魚市場，看到一些孩子在旁邊空地上賭彈珠，忍不住湊過去參一腳，贏了幾把，就要收手。

「你贏就要溜跑噢?!」輸紅眼的孩子，不服地嚷。

「我要越久，你輸越多啦，留一點給別人贏。」阿山嘻笑著，把彈珠塞了滿口袋，跨上鐵馬，揚長而去。

不久，穿出馬路，拐了個彎，轉往小徑，路徑越來越窄，盡頭出現一望無垠的稻田，正疑無前路，藝高膽大的阿山，竟將鐵馬騎上田埂，在寬度不足半公尺的泥道間走險。

「夭壽哦你！展風神咧，不怕摔死？」在田間忙碌的阿里嬸喊。

「哈，安啦！」阿山反而像表演特技似地騎得更快，黑亮的眼眸滿不在乎地東瞧西望。綠意盎然的蘭陽平原，阡陌交錯，田野氣息令人神清氣爽。

天氣說變就變。方才還日色照耀的天穹，忽而雲浪翻湧，迎面襲來的風，將阿山身上洗得泛白的卡其布上衣吹得鼓起來。

他更帶勁兒了，聳起屁股，俯胸前傾，以騎馬半蹲的姿勢，加速疾馳。穿越田野盡頭的一段陡坡，兩畔皆是密厚的竹林，垂長而削利的竹葉劃過阿山的額際，抹下幾滴汗珠。

衝過一段下坡路後，阿山的鐵馬，突然一個急轉彎，就在竹圍邊緣一戶人家的矮籬笆外煞車。

「阿嬤！後日要播《孤女的願望》，是陳芬蘭演的哦——。」阿山扯開喉嚨喊，每當聞悉又有新片要上映，阿山總是尋機會轉來說一聲。

正在前庭忙碌曬著一笞笞金棗乾的陳吳惜粉直起腰桿，看見外孫，笑開缺了一顆門牙的嘴。

自從女兒阿鳥在尤家幫傭，她就常看免費電影，成了庄仔頭裡的風雲人物，那些摳不出錢來看電影的女人家，閒時總是擠在她身邊，聽她開講戲文，遇到戲院上映歌仔戲時，任務更加重大，得記清搬演的所有細節，才能讓劇情日日連貫。

「這包糖仔是頭家娘給的，聽說是進口耶呐，我三分之一給阿母，三分之一拿來給妳吃。」阿山獻寶似地舉高用花手帕包著的糖果。

滿臉皺紋的陳吳惜粉眉開眼笑，將糖果揣進懷裡，入厝內拿出一包狀似青橄欖的橄仔果實，那是厝外幾株大橄仔樹結的。

「乖孫，這包橄仔拿去給頭家娘吃，最解暑痧。」婚後就住在閩南庄的陳吳惜粉，無論語言、生活都早已與漢人無異，完全看不出是噶瑪蘭人。

阿山告別了阿嬤，踹著腳踏車離去。

經此耽擱，時間已相當緊迫，他加緊腳程。半途，竟下起雨來。阿山蠻不在乎，只把後座的片盒用塑膠布蓋得更嚴密些，一路仍吹著口哨，頂著風雨前進。

總算及時趕上。

但戲院前卻是人聲喧嚷，似是發生了什麼糾紛。

阿山停下鐵馬，先晃過去瞧瞧。

原來是受雇看管這家新戲院的經理姜伯，逮到幾個想偷溜進去看白戲的學生，將他們罰跪在售票口前，其中一位不堪受辱的學生，竟憤而撿起石塊砸破經理室，略微受傷的姜伯衝出來，硬要將那位學生揪送法辦，對方父母聞訊，匆匆趕來，聲淚俱下地求情。

「你趕緊去請頭家娘啦！」也已經在尤家戲院工作的阿蘭塞給阿山一把傘，悄聲對阿山說。

阿山連忙點頭，三步併作兩步，跑往位於戲院後的尤家通報。

昨夜幾乎忙通宵，才剛起床的郭月鳳，來不及梳妝打扮，馬上撐著傘，隨阿山趕到戲院。

祭出菩薩心腸的郭月鳳，問題通常能大事化小，小事化無。

但從軍中退役下來的姜伯，脾氣又臭又硬，做法雖然過度，卻也是為盡忠職守，若輕易饒過那學生，以後姜伯又怎麼帶人？又怎麼嚇阻看白戲的傢伙？既要顧全姜伯的尊嚴與感受，又要圓滿解決問題，讓戲院生意能夠順利做下去，實在是一大考驗。

郭月鳳沉吟片刻。

「這樣啦，我包個紅包讓姜伯去看醫生敷藥，你呢，來戲院替姜伯打掃一個禮拜，將功贖罪，知莫？」郭月鳳牽起那位倔著表情的學生來到姜伯面前道歉。

初始，那學生還扭捏著不肯，他那老實的父親當場發火，掄拳要揍人，幸而被他母親擋開，他母親哭哭咧咧地搥著兒子：「死囝仔，你還倔強，我若沒給你氣死，你不甘願啦！」在母親一把鼻涕一把眼淚中，那學生總算低頭小聲地道了歉，而姜伯也不好意思再追究。

「你還在這裡？片子送上去了嗎？」素淨著一張臉的郭月鳳，看了看錶，轉身問阿山。

阿山驚跳起來，火速抱起綁在鐵馬後座的片盒，在一旁的阿蘭，急急將傘護住片盒，兩人一併衝上樓梯，將片盒送進放映室。

電光師正急得跳腳，看見阿山，馬上搶過片盒，拿出拷貝，熟練地捲上機器，助理小弟阿隆也鬆了口氣，手上的碳精棒差點掉在地上，惹來電光師一陣臭罵。

當時的放映設備，還相當粗陋，必須燒炭精棒，照亮一格格膠片，將影像投射到銀幕上。一個不小心，可能引發火災，所以負責放映影片的電光師無不戒慎恐懼，放映過程中，絕不可以打瞌睡，或偷懶打混。

放映室裡燠熱難當，雖有電風扇，卻依舊是熱風焚焚，才進來一會兒的阿山，早就渾身汗濕。「晚暝你們要去南方澳仔海邊洗渾身（作者按：宜蘭人指洗澡或游泳為洗渾身），對嘿？我也要參一腳。」尤豐喜的大兒子阿傳拿著幾根冰棒，也擠進窄小的放映室，把阿山與阿隆拖到一邊小聲說。

與阿山同齡的阿傳，個頭也不小，卻是豐潤骨細的體型，遺傳自母親的白皙膚色，多肉的臉頰常是白裡透紅，也不知人們是拍馬屁，還是衷心讚譽，自幼他那可愛的模樣，就常被誇讚像是年畫中的仙童。

「不驚你老爸、老母修理？」阿山咬了一口冰棒說。

「嘿——！我阿爸去臺北，後天要上新片，我媽沒有忙到半夜不會返家的啦。」

「不，不，不好，好啦，少爺，若，給，給老闆，娘知，知道，我會，會沒，頭，頭路吶——」阿隆半邊幾乎麻痺的臉，一緊張起來，神經就微微抽搐著，連帶講話也口吃了。年滿十六的他，是三人中年紀最大的，若發生任何事情，首當其衝被怪罪的，絕對是他。

「騙肖！你早就掛免死牌了，不管啦，晚暝若沒等我，你就試試看。」阿傳威脅著，吃著冰棒，走出放映室。

「驚啥？你顧一邊，我顧一邊，泅水再飯桶的，也淹不死啦。」阿山吊兒郎當地叼著冰棒棍，安慰一臉憂愁的阿隆：「安啦，阿傳說得沒錯，你有免死金牌，發生天大地大的事，老闆娘都不會趕你走的啦。」

●

說起這免死金牌，還是阿隆從死裡活過來後，所得到的回饋。

三、四年前，看白戲的問題更為嚴重，讓各界傷透腦筋。

尤其在宜蘭戲院因阿兵哥看白戲不成，引發槍殺案件後，戲院老闆們更是個個如驚弓之鳥。

地方上的老人家們，永遠不會忘記一九五六年那個陰風慘暗的中秋節。日據時代即存在的宜蘭座，在光復後更名為宜蘭戲院繼續營運，古樸的木造建築，雖顯老舊，卻仍是地方人士看戲的重要場域。

昔時，在日人高壓統治下，臺灣社會飽受壓抑，卻守法如儀，然而終戰後，政局不穩，社會也脫序了，戲院為了順利營運，常會雇請地痞流氓幫忙收票、看顧戲院，但即使如此，仍無法完全杜絕一些蠻橫的傢伙。

那年頭，娛樂不多，中秋節當晚，宜蘭戲院早就高朋滿座，卻還有幾個沒穿制服的阿兵哥，硬要闖進去，約莫是想看白戲吧？加上彼此語言不通，就爆發了嚴重衝突，但正所謂強龍不壓地頭蛇，阿兵哥們終究還是被趕跑。

大家都以為沒事了，就安心看戲。

沒想到，卻有一位阿兵哥心有未甘，大概是悶酒越喝越鬱卒，竟去而復返，赤膊著上身，操著自動步槍，衝往戲院，一路瘋狂掃射。

由於時值中秋，人們還以為那連串槍聲是誰家在放鞭炮，待察覺事端嚴重，戲院立即通知疏散，千百名觀眾登時慌狂驚逃，哭爹喊娘地，場面失控，差點踏死數名孩童，幾個昏倒的孕婦則是被抬出來送急診，使那年因此早產的嬰兒增加不少。

不過，他們都算是幸運兒。

在這樁不幸之中的最大不幸者，該算路口那家籐椅店某長工的太太了。

終日忙碌的長工太太，好不容易因過節得以提早休息，有孕在身的她，剛洗過渾身，坐在門口納涼，欣賞當空皓月，陪嫦娥玉兔吃月餅，剝的柚子還未入口咧，黑暗中，突然咻地，飛來一枚子彈，就這麼不偏不倚地嵌進她的身體，當場一屍兩命，還來不及相見的母子倆，倒一起先去見了閻王。

一個月後，當地民眾親眼目睹幾個憲兵押解元凶遊街而過，那個被剃了光頭的阿兵哥整個人軟綿綿地，站都站不起來，根本是被用拖的往前行，或為了殺雞儆猴，或為了對鄉親有個交代，刑場就選在宜蘭戲院旁的空地上。此後，據說，他的亡魂就留在那裡，時常半夜哭泣，不肯離去。

全省戲院業都被這樁事件給驚動了。

為了徹底杜絕問題重演，各家戲院無不絕招盡出。

當時多數土生土長的臺灣人，聽「國語」簡直就像鴨子聽雷，有聽沒有懂，遑論開口溝通？尤豐喜乾脆就雇請外省人來當戲院經理，讓退伍老兵負責料理現役阿兵哥。請來的孫漢超，果真發揮了功效。

除了擋架阿兵哥外，他還以圍堵方式，派員工駐守所有的出入口，嚴防嚴守，絕不通融，但員工人數畢竟有限，戲院四周卻有三牆木板圍籬，守了這邊，疏忽了那邊，翻牆而入者，防不勝防，更有些壞胚子，竟將原就有些殘損的圍牆踹破鑽進來。

「奶奶個熊！我殺死你個兔崽子！……」孫漢超咬牙切齒地，罵著幾乎無人聽懂的髒話，抄起鋤頭、鐵釘和木板，將破洞補起來。但隔不了多久，新的破損又出現，尤其是無法無天的孩子們，總是成群結隊而來，有一回，還從圍牆外挖地洞，像狗似地，一個個鑽地洞爬進來。

你抓我跑的戲碼，一再上演。意志力超強的孫漢超，日復夜地，挖空心思，和這些傢伙們纏鬥。

某日，他散步去買早點時，一路上還在想著因應之道，走著走著，無論是經過學校、工廠或機關，抬眼所見的一些圍牆，幾乎都以紅漆寫著諸如：「反共抗俄，殺朱拔毛，攻破鐵幕，解救同胞。」之類的大字，登時，他淚眼朦朧，情緒激動，一方面，是悲從中來，想起自己，十四歲就混進部隊，南征北討，隨著國民政府撤退來臺，家鄉老母、未過門的妻子就此關在鐵幕，生死未卜？另一方面，則是有點喜極而泣，好不容易謀了個職務，生活有著落，感念尤豐喜的知遇之恩，他定當要盡忠職守，而那些圍牆上方，要不就插著尖銳的玻璃，要不就纏繞著防盜的鐵絲網，這讓亟思對策的他，腦海突然靈光一閃。

當下，他顧不得買早點了，快步回返戲院，找來工人，未報請老闆同意，就擅自作主，在戲院的圍牆外，架設起密密麻麻的電網，只要通上電流，戲院就固若金湯，看還有誰敢偷越雷池一步？

部分戲院員工覺得不妥，但沒說什麼，另有部分員工卻是不帶惡意地笑著說：「嘿嘿，這招猛哦，看這下，哪一個青暝仔（瞎子）嘸驚槍，再偷溜進來試試看呀！」

架起電網，旁設警告標語，果然立收嚇阻之效。即使是不識字的人，也有聽到風聲，再不敢翻牆亂闖。

然而架設好電網的第二天，不幸意外就發生了。

當然不是瞎子來闖關，而是幾個不知天高地厚的孩子，往昔曾學狗爬洞成功，再度如法炮製，企圖挖個地洞鑽過電網，幾個比較瘦的孩子幸運過關了，其中一個卻因體型較高較胖，不慎被電網卡住。

那孩子正是當年才十二歲的阿隆。

慘遭電擊的當下，他慘嚎，全身抽搐，皮焦肉綻，幾秒內就僵直不動了。

情況萬分危急，已經翻了白眼的孩子，雖然在醫生搶救下，總算又開始正常呼吸，但顏面、背部與手臂都嚴重灼傷，整個人也一直沒有恢復意識。

那幾日，正赴臺北參加全省電影公會同業餐敘的尤豐喜夫婦，接獲消息，匆匆趕回時，面對的，就是如此淒惶、混亂的場面。

一群鄉民，夾棍帶棒地，包圍戲院。

「叫姓孫的外省仔豬出來啦！」

「垃圾人！不要躲在裡面假龜兒子！」眾聲喧嚷，場面一度失控，那些平日木訥敦厚的鄉民，喊狂了聲音，拆掉深鎖的大門，直搗戲院。但孫漢超不知躲哪兒去了，只有幾個嚇得發抖的員工躲在裡面。

找不到孫漢超，鄉民們又喊起來，氣勢洶洶地，轉往尤豐喜家去討公道。

而在羅東火車站那方，大目仔簡與幾個子弟兵，則緊張萬分地守候在月臺上。

尤豐喜夫婦才下火車，就被他們簇擁著，急急接往隱密處。

「阿部拉，暫時避風頭好啦，再怎麼說，你是外地來的，萬一亂起來，不好收拾。」子弟兵之一蔡猴說。世居此地的他，深悉宜蘭人超強的地域性格。

尤豐喜濃眉深鎖，鬱鬱地吐出一口悶氣，問明事情來龍去脈後，他沉著聲說：「我若閃避，事情如何解決？怎樣對得起囝仔和伊的父母？這不是男子漢的作風。」

「幹，不是我愛講你，這款時辰擱在搏氣魄？你是外地客，要死卡快啦！」算來是尤豐喜繼岳父的大目仔簡，是唯一敢嗆聲的老輩：「你若出歹誌，げつほう（日語郭月鳳）要依靠誰？別憨咧，等囝仔醒來——」

「萬一囝仔沒醒來呢？叫我避一世人？」尤豐喜重搥桌子，大聲起來。

氣氛有些火爆，任大家好說歹說，尤豐喜硬是脾氣執拗，而他一發脾氣，就渾身燥熱出汗。

「你一定要避，」一直未出聲的郭月鳳，忽然開口，她定定看著怒氣沖天的丈夫，倒了杯茶，走過去遞給他，平靜而堅決地說：「先避開風火頭，等那些鄉親冷靜下來，才是解決問題的辦法。」

「但是呃，留妳一個查某人——？」

尤豐喜喝了口茶，臉部線條柔和下來，他猶豫了，也軟化了，知道自己向來是爭不過這個小女人的。

「這款歹誌，就是要查某人出面，才比較好講話。」

郭月鳳輕聲回答，掏出皮包裡的手絹，輕輕拭去尤豐喜額頭的汗，然後就叫他去洗渾身吧！

第三章

送走丈夫。

郭月鳳才突然覺得十分疲倦，勉強打起精神，趁著夜色，在繼父大目仔簡護送下，返回家裡。

幸虧一切安好無恙。

「驚死我，驚死我，真——驚人吶！」看見頭家娘回來，阿鳥誇張地拍著胸脯報告經過，黑眼瞳裡餘悸猶存。

那群鄉民畢竟不是什麼暴徒，找不到事主，叫囂一陣，也就哄然而散，並未為難傭人和孩子。

「阿傳和阿妹姑真乖，已經睏囉，我來煮消夜給妳吃——」管家阿婆說著，就要往廚房走。

郭月鳳搖頭揮手，讓他們都去睡，獨自坐在客廳發了一會兒呆，回房，雖睏倦，卻輾轉反側，直到天濛濛亮，才恍惚睡去，不一會兒，又驚醒。

她想了想，將存放保險箱的錢，小心包裹起來，那是最近一週戲院的收入，原本預計償付片商拆帳款，以及員工薪水，現在也只好暫時挪用了。

她匆匆梳洗後，就帶著那包錢，和一些滋養補品，獨自前往醫院。

那孩子猶在昏迷中。

孩子的母親，哭腫雙眼，昏弱無力地坐在病床前，仍不時抹淚。

孩子的父親，是個瘦猴猴、苦瓜臉的莊稼漢，他嘴裡喃喃罵著妻子：「免哭衰啦，阿隆一定沒代誌，妳免哭衰啦……」強忍著淚的表情僵滯而無神。阿隆的妹妹阿蘭，當時才十歲，瑟縮在一旁的椅子上睡著了。

郭月鳳出現時，引起不小騷動。

那對可憐的父母都是老實人，悲怨的眼底，滿是無奈與滄桑，見到郭月鳳，激動地說不出話，反倒是一干親朋馬上欺身過來，惡言相向，他們團團圍住郭月鳳，氣焰高張，威脅若不給個交代，絕不善罷甘休。

聽見喧嚷，許多人從不同病房探出頭來，護士也要求大家節制，火爆氣氛才略微收斂。

除了金錢賠償之外，他們堅持要郭月鳳交出孫漢超。

「叫阿部拉出來說啦，妳一個查某人有法度決定啥？」

在那個年代，女性受到的尊重極為有限，有人起鬨，大家紛紛附議，場面又亂了起來。

「阮頭家一向是負責片源外務，現在人不在宜蘭，戲院是我在管理，我說的，當然算數，雖然戲院經理園電網的事，我事先完全不知，但是發生這款的不幸，我一定會盡最大的力量來彌補。」

郭月鳳靜靜任眾人罵，一再鞠躬道歉，最後才不卑不亢地說出這番話，並且同意除了負擔所有醫藥費外，還賠償一大筆錢。

臨去前，郭月鳳仍是再三賠罪，與孩子的母親一起流著淚。

傍晚時分，郭月鳳辦完幾件事後，順道繞往戲院。

原本人氣鼎沸的戲院，因事故發生而暫時歇業，被拆卸掉的電網零亂散落，毀壞的門板跌在地上，腳踏車棚空蕩蕩地，兩層樓的木造建築，在夕陽映照中，顯得蕭索寥落。郭月鳳用力抬起破損倒塌的電影看板，一一扶正歪倒的盆栽。

「頭家娘，到處找不到妳，我就猜妳一定是來這裡，」蔡猴急匆匆地走來，壓低聲音說：「已經找到孫漢超，只要將他交出來，阿部拉就沒事了。」

郭月鳳沉吟片刻，卻搖搖頭。

「現在囝仔還沒脫險，將他交出來，恐怕沒被鄉民打到半死，也會很傷重，」郭月鳳嘆口氣說：「對方若堅持要告，只能等警方處理。」

「頭家娘，不是我愛講啦，妳何必這麼挺外省豬？」蔡猴早就看不慣外省人的囂張，很不以為然地說：「沒給伊一頓粗飽，永遠以為臺灣人好欺負，常常軟土深掘，現在還害得阿部拉——」「不管再怎麼錯，孫先生總是為了戲院，你應該了解阿部拉的個性，這款情形，他會怎樣處理？」

蔡猴還想分辯，但郭月鳳打斷他。

「蔡仔，我知道你很不服，但事情都過去了，實在不要再分什麼本省外省，咱是作生意，凡事守本分就好，相信今天若同樣的情形，換作出事的是你，阿部拉和我，同款也會挺到底。」一番話，說得蔡猴啞口無言。

郭月鳳知悉蔡猴有個兄長曾因二二八事件落難，導致他們全家長期處在陰影裡，即使事情已經過去多年，仍有不少親朋好友心存忌憚，甚至與他們劃清界線，避之猶恐不及。在蔡猴最落魄時，只有尤豐喜敢用他，他也因此對尤豐喜忠心耿耿。

「明天去把員工都叫回來，先把戲院整理整理，看事辦事，應該很快就可以繼續營業了。」將戲院善後的事，交託給蔡猴後，郭月鳳踩著夕陽的尾巴，緩緩散步。

她需要靜一靜。那些鄉民應該暫時不來鬧事了，但是龐大醫藥費和賠償費怎麼辦？還有片商的片款和員工的薪水，要從哪裡來？

表面上，他們經營著數家戲院，看來日進斗金，很是風光，但是丈夫交遊廣闊，出手大方，俗語說：「萬項跟到，無鍋又無灶。」正是內情最佳寫照。丈夫不斷開疆闢土，擴大轄下戲院，卻從來不管後援經營，負責行政與財務調度的她，只能隨時勤務機動，發揮五鬼搬運的能力，挖東牆，補西牆，這邊收入，那邊付出，留下的餘錢，實在有限。

蒼蒼暮色，視野昏茫，南門圳邊，還有幾個婦人蹲著用圳水洗衣服，當時自來水尚未普遍，有些人家自鑿水井，或設泵浦，有些人家則依舊是挑圳水用。附近仍是一片鄉村景象，幾縷炊煙，從低矮的房舍飄出來，微微的飯香與菜香，散發著安和樂利的氣氛。

郭月鳳望著悠悠圳水，發了一會兒呆，又信步走到了會館腳一帶。

那裡人來人往，十分熱鬧，羅東會館已經亮起霓虹，這座在當時允為地標的水泥磚造建築，氣派宏偉，因著太平山林業開採的興旺，夜夜歌舞昇平，大多數的生意人，都將重要的宴客場面，設在羅東會館，而一些高級酒家，像是東雲閣、麗賓閣等，亦是夜夜衣香鬢影，杯觥交錯。

「頭家娘，進來坐，喝杯茶啦！」羅東會館的夥計們，看到經過的郭月鳳，熱絡地招呼著。尤豐喜在這裡花掉的錢，絕對足夠支付大筆賠償費和片款了。

郭月鳳苦笑，回應那些夥計們：「多謝，另日啦，有閒來戲院看戲。」

羅東會館附近，即是燈紅酒綠的後街，低矮的房舍，門扉半掩，鶯鶯燕燕濃妝豔抹，穿著暴露的衣物，殷勤攬客，尚未完全入夜，就有不少意態酣然的尋芳客。

郭月鳳刻意避開後街，繞路而行。

前方就是由民間神明會與文宗社興建的孔子廟。

雖然逐漸夜暗，但是孔子廟前的廣場，人群卻才開始慢慢聚集。一些喜愛傳統戲劇的地方士紳，租得廟前空地，搭建臨時戲臺，取名為愛國露天戲院，平日以演歌仔戲、布袋戲為主，偶爾也推出歌舞團。

今日演出的是歌仔戲《陳三五娘》。廟柱上貼的風標（海報），是以日後成立「宜蘭桂歌劇團」的宜蘭桂——藝名筱英桂的吳阿桂為號召。

「阿桂，妳不是跟新樂園劇團四處去公演？什麼時候返來的？」郭月鳳到後臺去找吳阿桂。見到昔時舊識，吳阿桂登時眼眶一紅。

原來去年農曆正月廿日，吳阿桂正在中壢大戲臺公演時，接獲父親吳九里病逝的消息，向老闆借了五千元匆匆趕回來料理喪事，於今欠債尚未還清，有任何賺錢機會都努力把握。

「最近市草不好，新樂園休息快一個月了，我回來走走，正巧龍鳳班的小生病了，所以找我來代班，加減賺點錢。」吳阿桂一邊說著，一邊在眼袋下補粉、描眼線。

郭月鳳陪著嘆氣。

「阿鳳，我是想說，妳和妳頭家不是經營好幾家戲院？不知有沒有辦法，嗯，排出檔期——」吳阿桂忽而期期艾艾地說。

「好，我回去看看阿河師檔期排得怎麼樣？宜蘭、羅東這邊可能沒辦法，幾家戲院都排滿了，但是南方澳那邊，普渡時，或許可以調一下。」郭月鳳沉吟著說。

尤家轄下的戲院，在當時仍多是電影、歌仔戲、歌舞團等混演，歌仔戲的檔期，聘請阿河師處理。行事嚴謹的郭月鳳，很清楚每個戲院已經排好的各種檔期，其實不僅羅東、宜蘭這邊早已排定，連南方澳那邊，也早都排到中秋節了，但是，她不忍拒絕，猶記得普渡時的檔期，排的是金鳳歌劇團。這是自己的劇團，臨時抽換檔期，比較沒有糾紛，不過，養一個劇團，要供吃住和薪水，花費很兇，抽掉檔期，得想辦法再到別處去公演，否則損失就大了。

「真的？多謝妳，多謝啦！」吳阿桂喜出望外，又鼓起勇氣說：「但我是想說，新樂園的老闆可能沒辦法用包租的，是不是可以拆帳？演多少，算多少？」吳阿桂的聲音越來越小，幾乎像蚊子嗡嗡嗡一般了。

但郭月鳳聽得十分清楚。她暗自深吸口氣。

當時戲班子，多採包租方式，不管票房好壞，每天都得固定付給戲院租金，有時戲院設備較好，容易吸引觀眾，戲班票房好到一定程度後，還得和戲院拆帳。

「失禮啦，我的要求太過分，但是妳若能好人做到底，大家都會很感謝，賣力演出，新樂園一向都很受歡迎——」吳阿桂急急地說。

前臺已經起鑼，鑼鼓聲震天價響。

「妳忙吧，我先走，我回去和阿河師參詳一下，再定奪，能幫的，我一定盡量。」

郭月鳳離開後臺，看了一會兒戲。

戲臺上，陳三騎著白馬來到西街。而由婢女陪伴的黃五娘輕移蓮步登上高樓，倚欄眺望街景，瞧見英俊斯文的陳三，頓時心生愛慕，就嬌羞地拋下繡帕，陳三的書僮拾起繡帕，交給陳三留存為記……。

向來飾演旦角的吳阿桂，扮起小生，另有一番爽颯手姿，唱腔、身段都不錯，圓熟的嗓音，將思慕佳人的情愫，揣摩得絲絲入扣。

大筒弦音低切輾轉，響板節奏驀然明快，伴著高亢的歌仔調，傳揚於夜色中。

恍惚間，郭月鳳彷彿又回到情竇初開的年歲……。

●

……亦如響板節奏的明快，由花蓮經宜蘭、礁溪等站前往臺北的火車，以平穩的速度前進。

歷經五十年的殖民統治，臺灣終於光復，人們對於未來，充滿了平寧與安定的渴望。雖然戰後蕭條，社會並不平靜，但年輕的郭月鳳，總認為那是暫時的，起碼，不必再跑空襲，也有了工作機會。

那日，她與手帕交邱秀英，正是搭著火車，要到補習學校老師介紹的某兵營去應徵工作。

車廂裡相當空曠，除了她們二人之外，就只有一位身材高大的男子，郭月鳳幾乎是一上火車，就注意到他，那剛正的五官、嚴肅的表情，穿著叭哩叭哩的西服，簡直就是想像中特務的模樣。

時不時地，郭月鳳會忍不住偷眼瞄過去，只見那人氣定神閒地靠著椅背假寐，彷彿天塌下來也不以為意。但突然地，他轉過臉來，敏銳的目光捕捉住郭月鳳的偷窺，並且露出微笑。

毫無防備他會轉過臉來的郭月鳳，嚇了一大跳，趕緊低下頭，心如擂鼓，眼神再也不敢亂飄，身旁好友絮絮說笑些什麼，都只咿咿啊啊地漫應著。

火車快到礁溪站時，她提早就站起來，走到門邊，卻有兩、三個小孩，正互相追逐而來，一個不慎，竟把手中的一杯茶水，撞翻在郭月鳳身上。

「哎呀！」郭月鳳輕呼。那些頑童見闖禍了，一溜煙兒跑掉。

邱秀英連忙幫著郭月鳳擦拭，但為了應徵特別換穿的洋裝，早已濕掉大半，裙襬滴著水珠，而女孩子的手絹，小小一方，似乎不太濟事。

「這是乾淨的，沒有用過。」尤豐喜沉沉的嗓音，驀然響起。此時，火車正好靠站，他遞過兩條男性手帕，不等人家接受或反對，就跨下火車，大步離去。

「這個人真奇怪！」邱秀英望著尤豐喜的背影嘮叨。

雙頰緋紅的郭月鳳倒沒說什麼。

她們也下了車，見時間還早，就買些水果，先到附近的媽祖廟拜拜，這時洋裝也差不多乾了，才依址尋往那個兵營。

在清一色男性的兵營外徘徊，兩個年輕女子，心情忐忑。

「不要去啦？」體型豐潤的邱秀英躊躇不前。

「都來到這裡，車錢也花了，不是很可惜？」嬌小的郭月鳳，反而有膽識。

「但是人家只要請一個，又不是要請兩個。」邱秀英還是猶豫。這問題她們之前就討論過，並且取得共識。

「走啦，管他錄不錄取，試試看又不會怎樣。」郭月鳳一鼓作氣，帶頭往前走，邱秀英只好跟上。

即使邱秀英既不善會計，也不會打字，但面試時，郭月鳳仍是操著不流利的「國語」，肯定地說：「至少她的字寫得很漂亮，做事認真，我們會講『國語』，如果沒有兩個人一起錄取，我們就不做了。」

那個外省的中校主官望著她們倆，考慮片刻，終究是同意了。

兩個年輕女孩興高采烈地，回到媽祖廟，又拜謝了一次。

「我看喔，那男的一定是對妳有意思，才會把質料這麼好的手帕送給妳。」在廟庭前，邱秀英吃著拜拜後的水果笑著說。

「不要亂講，誰要用陌生人的手帕嘛，下次再遇到，我就用丟的還給他！」郭月鳳臉又紅了。而他們果然很快又見面了，仍是在來往花蓮、臺北的火車途中，也仍是不交談，即使郭月鳳將手帕還回去那次，兩人也只是互相點頭，但尤豐喜深深的注視，與親切的笑容，總令郭月鳳臉紅心跳。

幾個月後，隨著兵營移防臺中，郭月鳳與邱秀英不願隨之遷往，就失業了。

有一天，附近鄰居印版店的老闆娘阿里不知怎地，忽然問起郭月鳳，要不要到戲院工作？彼時工作難找，郭月鳳當然是欣然點頭。

那是一九四八年，肅殺冰寒的冬日，太平洋海面颳著嚴烈的東北季風，南方澳漁港早已擠滿躲避風浪的魚船。之前曾為附近學校佔用的南方澳戲院重新整修開幕，年輕的郭月鳳，將在此負責售票劃位的工作。

當日，來自各界的祝賀花籃，從戲院門口直排到了南天宮媽祖廟前，群眾蜂擁而來，將戲院內外擠得水泄不通。

當老闆在眾人簇擁下抵達時，郭月鳳驚得睜大黑白分明的眼睛，原來，雇用她的幕後老闆，竟是火車上遇見的那個男人。

想到自己曾將對方疑為「特務」，郭月鳳先是驚訝，既而覺得滑稽，忍不住笑出來。

「這是妳第一次對我笑。」尤豐喜沉穩的嗓音裡，亦滿是笑意。

在老闆面前如此，郭月鳳深覺自己未免太不莊重，然而，笑意泛濫般地湧上來，任她如何控制，就是無法忍住不笑。

相貌嚴正的尤豐喜也笑出來。

不知為何那般開懷，兩人的笑意一發不可收拾，互視著對方，笑到肚疼。旁邊的人，都丈二金剛摸不著頭緒，不懂他們究竟在笑什麼，面面相覷，愣愣地陪著傻笑。

從售票、會計而至出納，郭月鳳日受倚重，兩人的互動也逐漸加深。

在那個依然保守的年代，在那樣封閉的小鄉鎮，男女自由交往，雖並不稀奇，但也尚未普遍。活潑伶俐的郭月鳳其實不乏追求者，卻總與男性保持友誼關係，好友們常笑她：「眼睛長在頭殼頂，揀呀揀，揀到賣龍眼的。」這句俗話應驗了一半，尤豐喜不賣龍眼，而是搞戲院與劇團的。一切發展，如此自然，表面上，似無浪漫情節，也無可歌可泣之處，但存在於兩人之中的那種堅定，是無論發生任何阻難，都無法摧折的。

「從在火車上妳偷瞄我開始，我就知道一定要娶妳。」尤豐喜是單刀直入這樣說的，並非在花前月下，而是在小小的辦公室裡，當郭月鳳請他點收戲院收入時，尤豐喜看也不看，就把帳冊與錢，推到一旁，執起郭月鳳的小手說。

「誰偷瞄你了？我才沒有！」郭月鳳紅著臉，雙眼水光盈盈。

「還說沒有？妳連我的手帕都用了。」

「我才沒有用呢，早就原封不動還給你。」

「我不管，既收了我的手帕，一切就算數了。」一個大男人，突然撒嬌耍賴，讓郭月鳳又好氣，又好笑。

她雖有著青春少女的害羞，卻不扭捏，知道自己的情感，也知道自己要什麼。即使當消息傳出，尤豐喜在花蓮早已有老婆、孩子，邱秀英又氣憤又疼惜地約了郭月鳳出來，像發生天大的事一般，力勸郭月鳳懸崖勒馬，郭月鳳乍聞祕密，悚然一驚，心像突遭鉛錘重擊，劇痛數秒，內在的情感，卻依舊固若磐石，無絲毫動搖。

像遊魂般回到戲院，她只用「國語」問了尤豐喜一句：

「你打算怎麼辦？」

「該怎麼辦，就怎麼辦。」尤豐喜馬上明白她的意思。對於既有的婚姻，他沒有否認掩飾，也沒有逃避推托，或尋找任何藉口，複雜的道義、情感、責任……像糾纏不清的線團，無法理清，又像長長的河流，刀切不斷。

但是，他既愛著這個小女人，就像自己身上的一部分，而且是生命中唯一不可或缺的部分，可以一起承受痛苦，卻萬萬無法割捨，必要時，可以一起歷險犯難，卻不可能退縮放棄。

郭月鳳失蹤了幾天。

尤豐喜也跟著瘋了幾天。

他失魂落魄地找遍大街小巷，遇到認識與不認識的人，就抓著問：「阿鳳去哪裡？」而那真是個多事之秋，之前有蘭陽地方七百餘甲水稻田發生蟲害，之後又有散兵李亞良持械搶牛遭槍決，龜山島海面交通船也發生船難，溺死十八人……，慘劇接二連三，世道混亂，婦女、孩童光天化日下失蹤，被人口販子或阿兵哥抓走的謠言，時有所聞，尤豐喜完全失去平時的沉穩冷靜，才幾天不梳不洗，鬍渣子就長了滿臉，比蓬頭垢面的流浪漢形貌更為駭人，誰都勸不了他，他跑遍了大半個蘭陽平原，找不到郭月鳳，就找人打架。

終於，他因鬧事被逮進派出所。

是他的難兄難弟蔡猴聞訊，保了他出來，送回戲院。

失蹤的郭月鳳，不知何時也已經回到戲院，正在辦公室裡作帳。

看見郭月鳳，尤豐喜嘴唇顫抖著說：「回來就好。」話未說完，眼淚就當場落下來，這是他五歲以後，第一次哭。

郭月鳳也靜靜落了一會兒淚。

接著，她從抽屜裡拿出刀剪，細心地為尤豐喜的臉龐抹上肥皂，幫他刮鬍子、剪理亂髮。粗粗的毛髮從銳利的刀鋒下散落，跌在地上，彷彿聽得見聲音。

一會兒，剪理好了，她輕聲說：「去吧，去洗個渾身。」然後，就像什麼事也沒有發生過，拿起掃把，掃去一地零亂。

那是一九四九年，國民黨退守臺灣，蘭陽平原的風風雨雨並未停歇，而同年的冬天，尤豐喜與郭月鳳也在很少人的祝福下，辦了簡單而公開的婚禮。

想到這裡，郭月鳳的眼睛濕潤了，臉上露出如夢的微笑。

●

抬眼看，臺上正演到「陳三磨鏡」那段，只見吳阿桂擺起身段，拉開清亮的唱腔：

「陳三做人真聰明，十日用心學得成，鏡擔家司款齊備，拜謝李公就起行……。」

這段詞兒是舊戲文所沒有的，而是後來流行的「陳三五娘」歌仔，卻被用到歌仔戲裡來，老輩或許覺得不倫不類，但是觀眾卻愛聽得很，有些戲迷甚至還跟著哼了起來。

……驀然鑼鼓聲響，驚散她的回憶。

郭月鳳眨眨眼，忍回眸中的淚光，走出孔子廟。

她很高興，看這種扮勢，應該是幫得上吳阿桂的忙了。新樂園劇團有吳阿桂在，號召力不錯，只要上檔之前，多宣傳一下，就算不包租，只拆帳，戲院賺不多，也不會賠吧？

時間漸晚，郭月鳳行經附近的振泰商行，繞進去買了些南北百貨。

那商行是羅東首富藍姓家族所經營的。

雖然她自小就隨繼父、母親從金瓜石搬來羅東落居，但貧窮人家，與富有人家，畢竟懸殊太大，從無交情。不過，常聽老人家說：「囝仔沒人愛，帶去給振泰。」據悉這藍姓家族的祖上，樂善好施，生意做得大，需要的人手也多，鄉人養不起的孩子，常常就丟在藍家大厝門口，藍家也因此收養了許多孩子，這句俗諺正是這樣流傳出來的。若能得到藍家幫忙，調些頭寸，或許就能度過這次的難關？但是要怎樣與藍家攀上交情呢？郭月鳳苦笑，自己未免太異想天開了。出了商行，走著走著，抬頭望見羅東戲院的招牌。她與那位猴瘦的老闆藍錫鎔相識，只是由於同行競爭，關係微妙而若即若離。

郭月鳳躊躇著，她毫無把握，也不肯定藍老闆與振泰的藍姓家族是否同源同脈？貿然拜訪，恰當嗎？

突然，她又感覺強烈的疲倦，預備充當禮品的南北貨，差點從手上滑下來。陣陣暈眩，猛然襲來，眼前一黑，她就什麼都不知道了。

再度清醒，已經是第二天，她發現自己身在醫院病床上，而鬆了口氣的管家阿婆連忙向她道喜。原來她有了身孕卻不自知。

女傭阿鳥送來滋養的補品，然而她沒什麼胃口，只是盡責地小口小口吃著。

她輕輕撫著肚皮，不知這胎是男是女？她永遠記得老大出生那天，戲院正上映著《香蕉姑娘》，於是大女兒自幼就得了個「香蕉姑娘」的綽號，但管家阿婆仍是習慣叫她阿妹姑；老二阿傳出生的時候，戲院上映的是《亂世佳人》，大家就開玩笑說他是克拉克．蓋博二世，常改口叫他阿博。兩個孩子，都是管家阿婆帶大的，她倒是不費什麼心，但這個節骨眼上懷孕，丈夫遠走，事情這麼多，她忍不住嘆了口氣。

下午，不顧管家阿婆的反對，郭月鳳堅持出院，戲院業務不可一日乏人坐鎮指揮。

尤豐喜日前才走避他方的消息，不知為何傳了出去。

很快就有地痞找上門來，竟開口要代理戲院的包租事宜。

這在當時是相當普遍的情形，地方勢力常介入、甚至把持鄉鎮戲院經營，戲院老闆通常不敢太過得罪，同時，也依靠這些地頭蛇的保護，以狠鬥狠，遏阻看白戲與黃牛之類的棘手問題。

但是尤家戲院向來盡量逆勢操作，避免這類牛鬼蛇神纏上身，反而像是派駐所每年三節的禮品、禮金、戲票招待券，從未失禮；縣長盧纘祥響應國民政府「一元獻機」獻出「宜蘭號」時，尤豐喜這個外地客拿出的「一元」，比許多在地富紳都要更多……。

「電影方面一直是阿部拉在排片，歌仔戲團都委任阿河師，我想是不需要改變。」郭月鳳淡淡地拒絕。

「但是阿部拉現在應該是不方便出面去談片源的事嘛，對不對？臺北那邊我很熟，交給我，絕對妥當啦，」那嚼著檳榔的地痞興哥，還故意吐了口檳榔汁在菸灰缸裡，語帶威脅地說：「片商都是查脯，妳一個查某人，也不適合和人搏感情，對麼？我是好意啦，若萬一好片被別家戲院先搶去，不是很可惜？到時別說我不幫妳！」

「你的好意，我很感謝，以後若有機會，一定會請你幫忙。」

郭月鳳站起來，請蔡猴送客，不慍不火地說：「就像你講耶，查某人不適合在外和人摶感情，今晚就讓蔡仔在羅東腳辦一桌請你，再請阿部拉換帖的李組長和大目仔簡作陪，這樣好啦？」

聽到分局的李組長和大目仔簡，興哥的氣勢馬上弱了許多，不敢再耍狠。在羅東腳辦一桌，也算做足面子給對方，事情暫時擺平，只是又得多花一小筆錢。諸如此類的大小事，不時發生。

肚子越來越大的郭月鳳，卻沒有多餘的時間自憐，或為瑣事生氣、嘆氣，最近，臺北方面的片商，寄來的拷貝與原先預計的片子不同，附帶的信裡，只草草說臨時要換檔，如此一來，廣告看板、風標，都得趕快改換，事情千頭萬緒。

她先趕到印版店，好說歹說地，老闆娘阿里——就是昔日介紹她到戲院工作的婦人——也在一旁幫腔，那個客家籍的老闆才勉強答應連夜趕工，嘴裡還不情願地碎碎念。畫看板的阿福師最好講話，送一點振泰商行買來的烏魚子當禮品，他也就滿口答應。連續忙了數日，換檔的二輪「新片」總算如期上映。

而附近的洛東戲院也在同時推出新片。看板畫得特別大，連柱子上也貼滿了風標。這時，郭月鳳才發現，原來被臨時抽換的片子，竟是到了洛東戲院。

她氣得說不出話來，卻又不願莽撞行事，找臺北那邊的片商理論，她暗自推敲，認為必定是阿部拉暫時委託的臺北排片人阿忠私下搞鬼。

當時猶在五十年代，宜蘭羅東一帶，電話尚未開放，郭月鳳於是叫蔡猴馬上趕去臺北，先與阿部拉相熟的片商私下接頭，確定情況，重新穩固彼此的關係，才發出電報，將阿忠解雇。

所謂輸人不輸陣，郭月鳳雖長得嬌小，氣概卻不輸男性，有大卡司的片子被硬生生搶走，她無論如何嚥不下這口氣，但是從第一天的票房，就已經高低互見。該怎麼辦呢？換來的這支片子，其實內容不差，只是卡司較弱，一定還有辦法扳回頹勢。而且，不想辦法也不行，八大公司幾乎獨霸洋片市場，排片條件十分苛刻，要求六三％拆帳，再扣除五％的娛樂捐、一〇％的印花稅，加上人事管銷費……，如果票房沒有起色，還直直落，那後面幾天的收入，恐怕連貼補水電費都還不夠呢！

就在她攪盡腦汁，無所措為之際，小小的囝仔屁阿山，卻及時建了大功。

說來，也是偶然。自幼就對電影情有獨鍾的囝仔屁阿山，不僅尤家戲院上映的每部片子都看過數遍，連其他戲院的片子，也要無所不用其極地混進去看，像許多猴囝仔那般，撞大門，撿戲尾，是滿足不了他的，仗著天生伶俐的舌頭，說起話來天花亂墜的他，總能哄得那些看顧戲院的阿姨們，讓他避開擋看白戲的凶神惡煞，偷偷溜進去，看個過癮。當然啦，有時，阿山是偷了幾張頭家娘的戲院招待券，或戲院裡賣的幾種糖果餅乾當禮物，那些凶神惡煞吃得嘴甜，又看他長得可愛，一時心花怒放，偶爾也就裝作沒看見。

總之，看遍好壞電影的阿山，無巧不巧地與頭家娘「英雄所見略同」，認為自家的這部片，內容絕不比洛東戲院搶去的那支片子差，看到對方戲院門口人潮滾滾，自家戲院的觀眾席卻才坐了一半，阿山心裡頂頂不服氣。

也不知是哪裡來的鬼點子，阿山竟說服頭家娘的大女兒阿妹姑，去向鎮裡幫人放送消息、協尋孩童的阿火伯，借來那面搥得亮晶晶的銅鑼，並偷她老娘的胭脂水粉，把一干童伴擦得滿腮通紅、粉額白鼻，然後，幾條彩色的破毛巾布往身上一裹，竟是個個比唱戲的丑角還具笑果。人多好壯膽，他們一行七、八個，就這麼一身老母雞似的裝扮出發了。

人小鬼大的阿山，捲起毛邊紙當放送頭，擰著銅鑼，一路敲打，一路扯開喉嚨喊起來：

「讚讚，讚讚讚，頂港有名聲，下港有出名，天下第一轟動的電影，不是別支，就是《假面郎君》，這支霸王霸的好片，在臺北演的時陣，觀眾擠破戲院，踏死蚊蟲數百萬隻，小姐、歐巴桑若來看，要記得帶手巾仔……」

大概是公園裡打拳頭、賣膏藥的江湖藝術看多了，阿山依樣畫葫蘆，還前修後改，兼加油添醋，說得有模有樣。

但那超齡的語言內容，以童稚的尖細嗓音放送出來，加上一串丑角隨行的鮮明畫面，真是滑稽透頂。

厝邊頭尾，越來越多人放下手邊的事，跑出來看個究竟，見狀無不捧腹大笑。一路上，不僅圍觀的孩子們緊追不捨，也有許多大人，好玩地跟在後頭。長長的一串人肉粽子行到了戲院門口，連在辦公室裡忙碌傷神的郭月鳳，都好奇地探窗出來看，忍不住大笑起來。待認出阿妹姑與阿傳竟也列隊其中？孕中發胖的郭月鳳，撐著笨重的腰桿，馬上匆匆下樓。

她雖因忙碌，甚少照管孩子，卻是個嚴母。這幾日，她原就心情極差，發現孩子竟未乖乖待在家裡，還搞得這副現世模樣，四處遛躂，登時心狂火怒，隨手抓起棍子，就打向阿妹姑與阿傳的小屁股。

阿妹姑與阿傳哎哎哭痛。其他孩子們見狀，四散驚逃。阿妹姑與阿傳還被管家阿婆領回家中罰跪，沒有郭月鳳准許不得起來，而主謀阿山卻早已不知逍遙到哪兒去了。

當時，被稱為三明治人的活動廣告，雖已開始盛行，但資訊閉塞的鄉鎮小地方，卻還算罕見，那天，阿山率領的囝仔隊，雖只風光了半個多小時，繞行七、八條街，卻大收宣傳效果。

被引逗出好奇心的人們，陸續出現在戲院前的售票口，原本讓人想哭的票房，開始爬升，連帶地也將郭月鳳的嘴角往上拉揚。她露出連日來幾已絕跡的笑容說：「哎呀，我怎麼會沒想到這一招呢？」往昔與丈夫北上洽公時，她就曾在老艋舺看到作小丑裝扮的三明治人，當時很覺有趣，回來事務繁忙，竟就忘了。

她當機立斷，決定馬上如法炮製，擴大宣傳奇效。

但是找誰好呢？郭月鳳左思右想，肚子裡的小傢伙則拳打腳踢地，圓凸繃緊的肚皮，還時而鼓起一團硬塊，也不知是頭？是膝蓋？還是小屁股？總要她輕輕揉按半天，才肯安分地縮回去。

正在傷腦筋時，被派出去尋找看看有無適當人選的蔡猴，幾乎是衝著跑進來。

「那個囝仔昨暝清醒囉！」蔡猴一邊喘一邊嚷嚷著。登時，沉沉壓住心坎的一塊巨石，應聲落地！郭月鳳喜出望外。

而門邊，那隨著蔡猴一起出現的，不正是阿隆的父親嗎？他赤著足，侷促地站在辦公室門口，不好意思走進來。

郭月鳳連忙請他坐，但那孩子的父親搓手搓腳地扭捏半天，仍是那般畏縮地立在門邊。蔡猴頻頻向他使目尾，他猴瘦的臉，笑得更加尷尬，仍是半天擠不出一句話來。

「有酒就當場喝，有話就當面講，只要做得到，我會盡量啦。」郭月鳳心坎上才落下的石頭，又懸在半空，她猜疑地望向蔡猴，蔡猴瞪了瞪阿隆的父親，只好說了：「是按呢啦，伊要問看覓有事頭嘸？伊牽手想要叫伊吃固定頭路啦，咱不是要找人……」阿隆他父親，無田無地的，尋常是哪裡有農忙就哪裡覓事頭、打零工，這陣子囝仔出事，已經休息大半個月沒收入。

原來說的是這樁，而非要求更多的賠償。郭月鳳愣了愣，柳眉微蹙，瞧著那人，才三十來歲，就滿面風霜，一張憂鬱的倒三角臉，可能幼時生過天花，皮膚坑坑疤疤地，連笑著也像在哭，天生是演苦角的模樣，用他來當三明治人適合嗎？

「歹勢啦，若無事頭就免麻煩，我先走，失禮啦——」那孩子的父親面紅耳赤，倉皇欠身，就要離去。

「你若不棄嫌，有趣味做，我當然是真——歡迎。」郭月鳳連迭地留人。

事情就這麼說定。

●

咚、咚、咚！鼓聲傳響八方！

「通鼓仔，行啦，驚驚勿出名，敢就快做嬡！」蔡猴忍住好笑，將那裝扮起來的三明治人，連哄帶推地，拉上了街頭。

不會擂鼓又何妨？鼓鎚就綁在大腿上，刷得比牆厚的白色粉臉、十字形的黑眼睛、嘴角上揚到顴骨的大紅唇，將通鼓仔那張天生的苦瓜臉飾成了永恆的笑臉。

在雨絲微飄的薄暮時分，蘭陽平原的大街小巷，開始出現一個穿著小丑裝的猴瘦身影，他所到之處，歡樂如影隨形，孩子們在他身後依依不捨地追逐著，只為討得一張毛糙紙印成的本事，而厝邊頭尾的街坊鄰居，似乎也漸漸遺忘他的名姓，紛紛改口喊他「通鼓仔」。

「不是我在畫虎爛，臺灣電影有一半，是我用腳底走出來的。」卸下小丑裝和滿臉的油彩後，通鼓仔笑起來還是一臉苦相，但只要三杯酒下肚，他一高興起來，就會說得嘴角生波。

日復一日，雖然搬演的，只是個丑角，但是通鼓仔卻覺得自己一世人不曾如此風光，油彩粉飾出來的永恆笑臉，遮去命運中的坑坑疤疤，只要鼓聲一響，他說話也大聲了，性格中的畏縮與不安消失了，他越走越自在，越走越熟腳，像在出巡自己的領地一般，抬頭挺胸，昂首闊步，人生彷彿也隨著鄉鎮戲院的發展路途，走向嶄新的局面。

而通鼓仔第一次整裝出巡的那個傍晚，羅東還發生了一件不算小的事。

原來那日不見蹤影的阿山，是逍遙到了洛東戲院幽暗的倉庫裡。他在那裡舒服地睡了一覺，所以錯過了通鼓仔首度出巡的歷史性時刻，不過，他倒也沒完全閒著，反而很意外地締造了另一樁歷史。

大概是夢裡太無聊，他醒過來後，溜出倉庫，偷偷打開由內部反鎖的太平門，再從廁所的窗戶，翻爬進入戲院。

百無聊賴地待了幾分鐘，那部電影，他已看過數回，再看，更肯定絕沒有《假面郎君》好，黑暗中，卻是座無虛席，人頭烏鴉鴉，他越看越鬱卒，當時的人們尚未有拒抽二手菸的權利意識，戲院裡烏煙瘴氣，事屬平常，鬱卒的他，也不知從哪裡摸來還是撿來幾截菸屁股和半盒火柴，暫時還不想回家，就又從戲院廁所爬出去，溜回倉庫，點燃幾根菸屁股，同時咬在嘴裡，學起大人吞雲吐霧——他的想法是，這樣抽菸，雲霧多才嗄派（夠看）——，卻被菸氣嗆得差點窒息。他猛咳，滿臉脹紅，氣得將才點燃的菸屁股摔在地上，並且得出一個結論：「難怪大人會敗腎。」

本來，他看天色尚早，還想在倉庫裡多睡一會，免得萬一頭家娘已經向他老母阿鳥告狀，太早回家被逮個正著，免不了吃一頓揍，要是不幸他老爸尤泉今晚又正好休假回家，那就死得更難看了。但是正當他挑好吉地，準備躺下來時，背後彷彿驀然伸出一隻手，猛地推他一把。

「幹！是哪個卒仔？敢推你爸？」他童稚的聲音，幹譙起來，狠樣不輸大人。

但是他前前後後轉了幾圈，又到處翻找，還是沒找到惡作劇的卒仔。

忽忽，一道莫名的冷流貫穿脊樑骨，讓他打了個冷顫，從來不知情緒低落為何物，即使被老爸尤泉酒後痛揍，依舊快樂得像隻鳥的阿山，心情無端地盪在谷底。那種感覺極難形容，像是突然跌落蒼茫暮色中，整個心越來越灰，越來越黑。

倉庫裡似乎陰風慘慘，氣流的渦紋在幽冥中迴旋。他像吃錯藥似地，小臉蛋染上憂愁，嘆了口長氣後，就無精打采地從另一邊窗戶爬出去。背後，那股透明的氣流渦旋，彷似露出詭魅的笑意，瞬間旋化成色彩斑斕的異象——噢！那異象也不知是魔神還是魍魎，日後，在阿山與「祂」正式交鋒時，曾驚慌地嚷嚷：「戲神……，你們看啦，戲神——」，不過，在那當下，阿山什麼也沒嚷，也什麼都沒看見，突然感覺被一股力量猛推的他，已經從窗臺跌下去，摔成了趴地烏龜，門牙還不慎被撞缺一顆，「幹！」他灰頭土臉地爬起來，踹了地面幾下，從嘴裡挖出斷牙，塞進褲子口袋，吞嚥血水當吃補，很快就又恢復了平常的生猛活力，蹦蹦跳跳地離去。

但那幾根惹禍的菸屁股，卻還留在原處，繼續燃燒餘威。

雖然火災發生後，戲院員工指天發誓，絕對沒有在倉庫裡抽菸，打火隊也研判有可能是電線走火，燒到易燃膠卷所引起的。總之，當倉庫竄出火苗時，電影正要散場，戲院裡燈光亮起，人們發現焦味與濃煙，頓時驚狂尖叫，你推我擠。當時為了防範人們「看白戲」，多數戲院尋常皆是將太平門或太平梯牢牢上鎖，現下幸虧阿山的緣故，被偷開後忘了重新鎖上的太平門一推即開，人們才得以快速疏散，雖然相互擠推踩踏的結果，輕重傷者難免，閻羅王派出來的牛頭馬面倒是白跑了一趟。無論打火隊的鑑定專業，是否有待商榷，他們的打火本領確是值得肯定，來得快，去得也快。

洛東戲院經此浩劫，財務損失雖然不小，卻很快就浴火重生，繼續營業賣票。

但是歹事傳千里，時機歹歹，鬼門關將開的農曆六月底，人們似乎寧可迷信些，電影還是要看，卻紛紛轉移陣地。

尤家戲院正好坐收漁翁之利，加上因為宣傳手法成功，原本幾乎血本無歸的片子，也就突然鹹魚翻身，泥巴變黃金。

第四章

及至今日，阿山早已忘記自己曾經如何陰錯陽差地幫了尤家戲院大忙。即連郭月鳳也不曾正面承認，不過她到底還是夠意思的，雖然事後知道是阿山帶頭搞怪，還慫恿孩子們把她的胭脂水粉毀了個光，但從頭至尾，也並沒有向阿鳥或尤泉打小報告，甚至幾個月後，在回家的路上，突然想到那件事，順道經過振泰商行時，除了為自己買幾包金棗乾和李仔鹹，還附帶地買了兩包糖果餅乾，送給阿山。

沒有被揍、還平白得到犒賞的阿山，既孝順又講義氣地將兩包糖果餅乾不太平均地分成三份，兩份留給阿嬤、阿母，帶著最大的一份，呼朋引伴，躲到公園後廢棄的防空壕裡共同分享。

「你最奸巧啦！害我被阿母打、又被罰跪，自己卻溜走！」只要見到阿山，就還是抱怨連連的阿傳，嘴裡噙著糖果，仙童一般的圓胖臉蛋上，腮幫子鼓鼓的。

「幹！已經多分給你和阿妹姑三粒糖仔了嘛！人家阿妹姑都沒像你這麼愛哭。」

阿山才張開口，餅乾屑就紛紛飄落，半顆糖也從缺了門牙的地方掉出來。他趕緊捻回那半顆沾滿泥沙的糖果，再塞回嘴裡。

「好觲喔！」阿妹姑叫。她是所有孩子中「國語」最標準的，像她母親一般嬌嬌小小的身骨，卻遺傳了尤豐喜的濃眉、小眼、大耳，幸虧鼻梁挺秀、皮膚細緻，才不至於太過男相。

「那妳的糖仔不觲給我吃啊！」三兩下已經嚼光自己那幾粒糖的阿山，咧嘴笑，口水都快流出來了。

「哼咧，才不要！」阿妹姑瞪了瞪眼，移位到了阿蘭的身邊，拍去石頭上的灰塵坐下來。

「這三粒掋去給阿隆吃。」阿妹姑把小心翼翼用手絹包著的糖塞給阿蘭。

「阿兄還不會吃，但是阿母說，開完刀他就會好了。」一直文靜微笑著的阿蘭，眼眶微紅，小聲說。

「啊！咱帶阿蘭來去看尪仔冊好嘿？」阿山這麼提議著，黠黑的眸子沒看向阿蘭，卻是殷望著阿傳。

「阿蘭妳愛看尪仔冊喔？」阿傳望著阿蘭問。

其實從無零用錢的阿蘭，根本沒看過尪仔冊。

「真──好看，真──好看啦，騙你是婊子！」阿山加強語氣，猛對阿蘭點頭。阿蘭文文地笑出來，終於對阿傳點點頭。

古靈精怪的阿山，特別知道大目仔伯今天不在，蔡猴得代替他送物品去南方澳，順便幫忙看顧戲院、以及戲院附營的漫畫店，因此，就慫恿阿傳出面。身為「少東」，又是長子的阿傳，「聲望」自是非同一般，只要他願開金口，幾乎是「喊水會堅凍」，若非太過分的要求，戲院員工哪會說個「不」字呢？蔡猴當然是點頭答應，讓孩子們坐上運送物品的哩啊卡，一路搖晃而去。

「聽講風颱要來，你們乖乖在這裡看尪仔冊，下晡飯吃飽，就要先坐歐吉桑的哩啊卡返去，知嘿？」

抵達目的地後，蔡猴一邊卸下物品，一邊殷殷交代。

而羅東那邊，也因為聽說颱風將臨，正緊鑼密鼓地做著防颱準備。

一早，郭月鳳就挺著大肚子，指揮幾個員工，先將戲院外的木板圍牆用鐵絲纏緊、打樁固定，修窗子、補屋頂，捲收遮雨棚，綁牢戲院招牌……。但是戲院還是照常賣票，若黃昏後風雨變大，再看情況取消七點半的那一場。

「查某人若有身，就特別敏感，不知在緊張啥咧？你看，日頭赤炎炎，哪像有風颱要來的影？」

「六月風颱後母面，你知啥？手勤做，嘴免答答叫！」另一個員工說。郭月鳳前腳才離開，大家就開始答嘴鼓。

郭月鳳轉往另一家轄下戲院，在辦公室理完帳冊，並將薪水一袋袋封好，放進大皮包裡，然後穿過走道，扶著牆壁，慢慢步向地下室。

戰時曾充當防空洞的戲院地下室，於今早已重新粉刷整理，既當作戲院後臺，也是歌仔戲班或歌舞團成員平時的生活空間。

一箱箱裝著戲服、道具的籠底，就用來做為簡陋的隔間，隔間裡，搭掛起蚊帳，夜裡攤開被褥，往地面一鋪，就是眠床，日間收起被褥，擺上桌椅，既可以是餐桌，也可以是梳妝檯，有時候，也給他們的囝仔讀冊、寫功課。

「頭家娘，妳來啊？這呢早就要開會仔喔？」才打了粉底、還沒上彩妝的小金鳳看見郭月鳳，揚起一張僵白的臉孔打招呼。

由於時間尚早，其他一些戲子有的三三兩兩在聊天，有的衣腳撂著，就聚在地上鬥起四色牌，只要是小賭，不傷感情，不影響工作，通常是被允許的，這也是唱戲之餘，最常見的消遣。他們看見郭月鳳進來，都紛紛起身打招呼。

「先開好啦，免等戲散棚，萬一風颱真是來，延期麻煩！」郭月鳳扶腰笑著說，旁邊已經有人為她送上椅子。

在民間，熟人之間常發起便利金錢週轉的互助會，這在戲班子之間也一樣普遍，充當會首的郭月鳳，通常選在發餉日開標會，如此，該抵扣多少標金、向每個會腳收多少錢、交給得標者多少總數，都一清二楚，可以當場點收算清，會腳也沒有藉口拖欠或賴帳。

郭月鳳先把薪餉袋一一分發，然後就主持開標，大家紛紛圍過來。

「歌仔坤，要人抬轎去請喔？你這期不是想要標？」小金鳳拉開宏亮的嗓門問。

「免啦，想想咧，我決定儲錢收尾會，你們標就好！」

老生歌仔坤略顯蒼啞的聲音，從那頭喊過來，在戲班子裡也負責教戲的他，轉頭又開始傳授。

原來戲箱子那頭，留有一小片空間，平常就用來排練、或教戲，此時，在戲先生歌仔坤的引導下，小金鳳的兩個女兒，正拿著刀槍道具，你來我往地，大聲吆喝著搬練身段。

同齡的孩子，這時候大多還懵懵懂懂，只知道玩樂，但是他們自幼跟著戲班子東遷西蕩，沒辦法好好唸書，乾脆就跟著大人學做戲，有時候班裡缺人手，照樣叫上臺去跑龍套、當嘍囉、丫鬟，唱腔身段雖仍稚嫩，卻也是有模有樣地。

「兩個查某仔都要學作戲？」郭月鳳笑問。

「家己興嘛，囝仔有趣味，管伊！」小金鳳點了根菸說：「橫直冊讀到背上去也沒用，不如趁早學戲，加減賺錢。」

郭月鳳望過去。那兩個女孩，就像她們的母親一般，長得嬌嬌俏俏的，個性又靈活，或許真的適合走這一途？

小時候，她也曾經差點被送去學作戲。

那是父親過世後，母親再嫁，怕帶著拖油瓶，在新夫家不好度日，正巧鄰居阿婆有個唱戲的女兒，就建議母親乾脆也將她送進戲班子。在那個貧困而生存艱苦的年代裡，母親雖是萬分不捨，幾經考慮，還是點頭答應了，最後，倒是繼父簡大目反對，他瞪著牛眼說：「生子沒生捨，才會學作戲，幹！我大目仔賺擱卡沒吃，也養一個囝仔嬰會飽，不讀冊，學啥肖戲？」

就這樣，八、九歲的郭月鳳沒有進戲班子，跟著母親一起離開隸屬臺北州的宜蘭頭圍莊，隨繼父簡大目來到了基隆郡金瓜石水湳洞定居。

簡大目的祖上原擁有水湳洞周遭大片產業，但因蘊藏豐富金銅礦脈，被日治當局強行租用，並且成立冶煉金銅礦石的日本礦業株式會社。虛有其名的「地主」簡大目，只能開爿小小的雜貨舖，把顧店的事，就丟給郭月鳳的母親，他自己卻成天在外遛躂，輸光了錢，就回到家裡安分一、兩天，只要找到機會從抽屜裡摸走一些錢，人就又會不見蹤影好些天。

不過，他倒真是說話算話，讓已屆學齡的郭月鳳進入國民學校就讀。

每天，幼少的郭月鳳用一條大大的白布巾，包起書本和便當盒，斜綁在背上，就頂著天光，出門上學去。當別家的臺灣囝仔，仍多是赤足行走，她卻已有白布鞋穿。「伊是說話壞聲嗓，對囝仔實在不歹。」母親總是這樣說。雖然，郭月鳳對於繼父一直不親近，但初始的畏懼已漸漸消淡。

在金瓜石的歲月，位於岩頂上的屋宇，背後就是基隆山，屋前可以鳥瞰一望無際的太平洋，小小的郭月鳳時常斜躺在樹蔭下的石頭上，遙望遠方過往的船隻，而近處的灣澳，則因九份溪挾帶礦酸與廢水排放入海，海面呈現一邊湛藍澄澈、一邊黃橙混濁的陰陽海景觀。

來，我教妳放風箏。手要拉好線，有看到莫？線不能拉得太緊，也不能放得太鬆，試試看，對，對，啊！放上去了——汝真巧，真正巧！閒極無聊的繼父偶爾還會逗她玩，而她幾乎是樣樣一學就會，很快地就連風箏都放得比所有的童伴都好。

郭月鳳從國小畢業那年，大東亞戰爭爆發。

時局越來越緊張，日本政府開始對民生物資採取配給制度，原就拮据的生活，變得更加艱困，為了躲空襲，簡大目結束雜貨舖，舉家投靠妻子位於宜蘭鄉下的娘家。於是郭月鳳又回到了故鄉。

人生的走馬燈，轉來旋去，繞呀繞地，總還是繞不開軸心。

郭月鳳從沒料到，童年沒做成戲子的她，成年後卻會嫁個開戲院的丈夫，而且婚後，有很長一段時間，就隨他帶著戲班子，在北臺灣跑碼頭，開展戲路，過著流浪式的生活。

地下室裡的箱箱籠籠，漆面上的風霜漬痕，點點斑駁都染著她的回憶。

●

當場收付清楚這個月的會仔錢款後，戲班子也要開始動起來了，大家忙著上妝打扮，聽歌仔坤講解劇情，互相排演對手戲。

郭月鳳回到辦公室，又忙了好一會兒，才叫員工到對面城隍街買點東西回來吃，雖然金鳳歌劇團備有隨班廚師，日日開伙，但即使經過這麼多年，她還是習慣如此。

緊接著，午場就要開鑼，雖然有孕在身，不耐久站，腳盤容易水腫，她還是到戲院門口探看售票情形。

依舊是無風無雨，但是炎烈的赤日消失了，只見霞雲彤紅，渲染著紫豔的色光，天空淒美異常。看戲的人，絲毫沒有受天氣影響，尤其一些老輩的歐吉桑、歐巴桑，早早就來到，還隨身帶著坐墊與水杯，比較闊氣的，就兩手輕鬆，多花五毛錢，直接向戲院租用坐墊，再買杯沖上茶葉的熱茶，掛放在座位前的杯勾上，喝盡了也無妨，隨時就會有小弟提壺經過，向玻璃杯裡重新注入滾燙的開水。

「啊呀！頭家娘，腹肚沉下來囉，這個月要生喔？」是阿鳥的母親陳吳惜粉。

幾乎無一日缺席的她，手上大包小包的，顯然連晚餐的便當都帶著了，她伸手摸了摸郭月鳳的肚子說：「腹肚這麼圓，這胎一定是查脯。」

「手心是肉，手背也是肉，查脯查某攏好啦！」郭月鳳笑著回答，又說：「風颱天，妳也來？沒在厝內抱孫？」

「風颱天看戲，天公就歹勢做大水，」陳吳惜粉笑說：「若是金鳳社演出，管伊風颱，我絕對沒走閃的。」雖然金鳳社已經改名為金鳳歌劇團，她還是習慣以舊名稱呼。說著，她掏錢，準備買票。

「家己，不是別人，買啥票啦？」郭月鳳連忙擋住。

「汝是開門作生意，哪有按捺？」陳吳惜粉還是爭著要把錢塞進售票口。但是頭家娘都出面了，賣票的小姐哪裡還敢收錢？只是笑紋紋地把錢推回。

那點錢就這麼推來塞去半天，終於還是回到陳吳惜粉口袋中，手裡更多了郭月鳳塞給她的一包瓜子。

「哪有按捺?!哪有按捺?!」陳吳惜粉又是笑，又是叨叨唸：「歹勢啦，頭家娘，歹勢啦，常常讓妳請，下回我不敢來了。」

「妳沒來，金鳳社就減一個死忠的柱仔腳，若倒棚怎麼辦？」郭月鳳笑說。

陳吳惜粉笑開滿臉皺紋，蛀壞好些顆牙的齒齦黑洞洞的。

看來，下午應該會滿場，就不知道接下去的天氣如何？聽說南方澳那邊，外海漁船都已經避進港灣。但郭月鳳仍不願太早作決定，少演一齣晚場，就少一大筆收入，開銷卻還是固定的。

郭月鳳又內內外外查看，特別囑咐員工，要隨時注意排水溝的通暢。

起風了，戲院看板上，以小金鳳為主打的風標，也被風吹得微微震動。

●

幾年前，當郭月鳳開始帶團跑碼頭時，還叫作金鳳社的戲班子，名氣尚未響亮，小金鳳也才擔綱旦角。這個戲班子是從花蓮帶過來的，團員們對於她這個突然憑空而降的「新頭家娘」，態度雖是客客氣氣的，卻其實相當生分，每天，她戰戰兢兢地，不管大小事，都儘量撿起來做，生怕有哪裡出差錯，落人口實。

「げつほう（月鳳日語發音）是真眼頭巧啦，不過太少年，恐怕壓這些人不住……」當時尚未過世的劉蚶，總習慣以日語稱呼郭月鳳，初始，他常會私下這麼說。昔日，正是他組織起這個戲班子，所以雖然早已將經營權交給了女婿尤豐喜，只負責道具的管理，但大家都還是叫他老團主，對他十分敬重。

老人家對於招贅進來的女婿又娶細姨，反把自己的獨生女兒留在花蓮，倒是沒有多說什麼。

在那個年代，有辦法的查脯人哪個不是這樣？像他自己，家裡就有三個，還都是公開下聘，明媒正娶。「只要不是娶來亂，娶來會逗賺錢，就有價值。」老人家的態度十分清楚，對待郭月鳳，就像對待媳婦一般，不偏不袒，只要努力勤勞，萬項謹慎，他也維持著大家長該有的風範。

老人家心中自有一桿秤，難免要時時掂算，日子久了，連他都不得不承認，這個看來沒三兩重的細姨，的確比自己那個胖胖的女兒，更要會做人，也更會作生意，尤其管理帳目，收支明細，一清二楚，哪一條錢項，要調到哪一項用度上，按來切去，排得條理分明，極少失衡，不像過去，遇到戲班子收入好時，大家分得到錢，就嘴笑目笑，一遇到青黃不接的壞時機，大家就哎爸叫母，鬧得亂糟糟。於是漸漸地，人前人後，他都很公允地說：「若打戲路是阿部拉專門，啊若是管後備，調軍遣將發配糧草，沒有げつほう，咱未戰就先輸一屏。」

聽到這樣的讚許，郭月鳳既欣慰，卻也心酸。

尤豐喜固然是開拓戲路的能手，把花蓮地方的一個小戲班子，帶著走遍北臺灣，新店、樹林、基隆、瑞芳、九份……不管內臺戲、外臺戲，都能談得下來，十天一檔的巡演，排得相當滿。戲班子有戲演，當然人人高興，但是，常常戲班子拉車到一個新地方，戲箱都還沒搬卸完畢，人面廣闊的尤豐喜，就被當地的朋友相邀出去，留下郭月鳳獨撐全局。

初帶團時的郭月鳳，也不過才二十足歲，能有多少歷練來處理複雜的戲班生活？那樣的日子，非比一般，大家吃喝拉撒睡，天天混在一起，互動緊密，糾紛也多，時常，前臺戲尚未粉墨登場，後臺卻是從卸下戲箱、道具開始，大大小小的爭端就已經隨時在搬演。

那或大或小的後臺，將是十天一檔全部的生活空間。那個性機靈、眼明手快的人，才跳下布景車，就先擰起被褥，衝進後臺，佔據最好的地方。那搶輸的人，自然是心情不悅，尖酸刻薄的話屎就也順嘴吐出來，遇到脾氣好的就罷，說笑幾句當納涼，緊繃的氣氛隨即化解，萬一看上同一處的雙方都是硬脾氣的，當場就是舌槍唇劍，你來我往。

好不容易大家都安頓下來，一同開伙吃飯，有時，菜色合了這個的味，可能又逆了哪個的意，加上，團員中有幾個家庭檔，為了小事，夫妻間鬧彆扭的，面腔可能就擺得很難看，又有隨行的孩子們，原本好好地玩在一起，突然就吵吵鬧鬧，甚至互相扭打，啼哭尖叫，接下去，就見大人開始打罵小孩，或者互相埋怨……

幸好，大家都還是能以正事為重，只要前臺戲鼓開鑼——

咚咚隆咚嗆！那該上場的，拉開聲腔，擺出身段，人生的角色也就轉換舞臺，所有的紛亂擾嚷，都被留在身後，暫擱一旁。

管理戲班子，從什麼都不懂，到逐漸能得心應手，郭月鳳是很吃過一些苦頭的。

尤豐喜只管拓展戲路，後援幾乎是什麼都不管。

在那當時，日據時期一度被禁演的歌仔戲班，雖然重新找回生存空間，而且相當蓬勃活躍，但是戲一開演，就可能有賺有賠，郭月鳳雖逐漸摸索出來其中的門道，對於每一檔的外臺戲是好是壞，是賺是賠，心裡早有定數，但若是內臺戲，就像「烏矸仔底豆油」，票房收入好壞，連劉蚶也料不準。

戲臺頭家只管每天按收入抽成，場租要另外算。劇團的風標貼出去，一檔就是十天，按那時的新臺幣幣值來算，如果頭一天演出，收入有六、七百元，第二天八、九百元，第三天能上千元，這一檔就包賺，假如頭一天沒有六百元，第二天降到五百以下，第三天又滑落到四百元，那這一檔就非賠不可，萬一，檔期中再遇上刮風下雨就賠得更慘。

而一檔推出的戲碼，每天劇情通常都是連貫的，不能說換就換，賠錢也得硬著頭皮演完一個檔期。當時就有不少劇團因為不堪累賠而遭到解散的命運。

金鳳社雖然不缺演出機會，但是在北臺灣的名氣卻才剛剛打開，為了加強宣傳，每在演出前，郭月鳳都會帶著穿戴戲妝戲服的團員坐三輪車繞街遊行，而且把風標製作得美輪美奐，吸引觀眾。

然而有一回，戲路打到了羅東，在連賠幾檔後，萬一再不賺錢，可能連團員的薪水都付不出來，郭月鳳操煩極了，在人前卻又要裝得若無其事，才能穩定軍心，陣腳不亂，因此對這一檔寄望特別深。誰知道老天卻不幫忙，連日豪雨大風，戲開演的頭一天，竟然一百元都收不足。

由於連場租費都付不起，籠底全部被扣在戲臺頭家手裡，而尤豐喜卻不知和他那幫難兄難弟們到哪兒去了，郭月鳳心慌意亂，團員們也無心演出，大家的情緒都跌入谷底。

薪水可以暫時積欠，但至少不能讓團員們連飯菜都沒得吃，在和老人家劉蚶商量，把僅餘的錢先悉數拿出來採買伙糧後，郭月鳳一個人撐著傘出去想辦法，走在風雨滂沱的羅東街頭，視野茫茫，心也茫茫……。

那時候，她正像現在一樣懷著身孕。

往事如潮，一波湧過一波。

甚少多愁善感的郭月鳳，今天不知為何心思紛亂，眼皮直跳。

之前還指望颱風不要來，誰知道午場才散不久，風雨就開始轉強。

決定取消晚場後，沒戲看的陳吳惜粉，乾脆就一路陪著護送郭月鳳回家，順便去看看女兒阿鳥和外孫阿山。

誰知道，那些孩子們竟然都不在家。

管家阿婆早已急得像熱鍋上的螞蟻，派出所有的人四處尋找。

原來，那幾個孩子看膩了尪仔冊，竟趁著蔡猴沒注意時，溜往海邊玩水。午間依舊平靜的海邊，除了風稍微強一點，浪頭稍微高一點，海水稍微混濁一點，仍絲毫看不出有颱風要來的跡象。

膽大包天的阿山，仗著泳技不錯，脫下上衣，咚地就跳下海去。阿傳雖然有點害怕，但是在阿蘭面前，又被阿山激了幾句，忍不住也要展英雄氣概，悶著頭也跳了下去。

兩個女孩倒是安安分分等在岸上，用小碎石疊著房子玩。

雖然浪頭頗高，剛開始，阿傳還算能應付，但阿山越游越遠，阿傳漸漸跟不上，就裝死仰躺，隨浪飄流了一會兒，待四下張望，找不到阿山的蹤影，先還以為是阿山在與他玩捉迷藏，但是阿山一直沒有出現，他也漸覺力乏無趣，想游回岸時，才發現自己不知何時已經被浪頭帶出好遠好遠。

他登時手腳慌亂，猛力划水，卻怎麼也敵不過浪湧的力量，感覺自己一直朝外海的方向流去。他急哭了，大喊：「阿山——，阿山——，你在哪裡啦，我不要玩了，我要返去啦！」稚弱的聲音消失在茫茫大海中。

郭月鳳渾身發抖，手腳冰冷。

蔡猴託人帶回來的消息說，孩子們是與他去了南方澳，但是應該早就搭歐吉桑的哩啊卡回羅東了才對，而派出去的人找到歐吉桑問，歐吉桑卻又說，蔡猴沒有特別交代他，所以搬完貨，他以為沒事了，就繞去媽祖宮找阿通泡茶開講，吃魚丸，並且趕在風雨變大之前，就駛著哩啊卡離開，根本就沒有看到孩子們的影跡。

找不到阿蘭的通鼓仔，聽厝邊鄰居說，早上好像有看到阿蘭、阿山、阿傳和阿妹姑在公園裡玩，所以就冒著風雨尋到郭月鳳家來打探消息。還穿著一身小丑裝的通鼓仔，臉上的油彩被雨水淋得一塌糊塗，神色十分難看。

雨勢越來越大，狂風呼嘯，像鬼哭神嚎一般。

屋外時不時地傳出有東西被風雨打落的嗶嗶聲。

屋內的一群大人，則是六神無主，心驚膽跳。

「南無阿彌陀佛南無阿彌陀佛⋯⋯⋯⋯」

管家阿婆無助地走來走去，一下子求阿彌陀佛，一下子求觀世音菩薩，一下子又求媽祖，所有想得到的神祇，都被她請了個遍。

不知所措的郭月鳳也是如此，挺著大肚子跪在神桌前，喃喃跟著唸誦佛號，強忍著不讓淚水掉下來。

至於平日遇事就大驚小怪的阿鳥，也不知是憨傻得不懂煩惱，或是對孩子們有信心，她還與平日一般，嘴裡含著早上阿山給她的糖果，哼著歌仔，拿抹布東擦西擦。

「汝這個憨查某！」陳吳惜粉搶走抹布，一掌拍在阿鳥的頭上，搖頭嘆息。

與多數族人一般，除了祖靈崇敬外，還信奉基督教的陳吳惜粉，硬是挖出阿鳥嘴裡的糖果丟在菸灰缸裡，要求她跪下來一起禱告。

阿鳥不服氣地翻了翻白眼，伸手要拈回那顆糖果，看母親的眼眶都氣紅了，才嘟嘴跪了下來。她垂首歛眉，厚唇翕動，也不知在咕噥著些什麼。

「蓮霧芋圓豆腐，蓮霧芋圓豆腐……」

虔誠於：「主啊！耶穌啊！……」中的陳吳惜粉，隱約耳聞，以為阿鳥唸的是：「南無阿彌陀佛！」雖是這般不受教，但女兒既已嫁作閩南婦，嫁雞隨雞，跟著人家的信仰，也罷了，因此只瞪了阿鳥一眼，並未制止。

說起信仰，沒唸過書、也不識字的阿鳥，未婚前，比較在意的，恐怕是跟大人上教堂時有糖果、奶粉可領，婚後，則是高興拜拜時，有牲醴麵龜可吃，廟埕前還有歌仔戲和布袋戲可看。她並不太懂：「南無阿彌陀佛」是啥意思，也從沒興趣搞懂，只是常常聽，覺得音調比「主啊！耶穌啊！」有趣，自己就作主唸成了：「蓮霧芋圓豆腐」，反正這幾樣都是她愛吃的東西，唸著比較不會無聊。

「啊！——」

突然，郭月鳳呻吟出來，她的肚腹銳痛，一陣襲過一陣。

預產期原來應該在十五天後，但或許是連日太過操勞，加上擔憂緊張，動了胎氣，郭月鳳痛得握緊拳頭，氣喘吁吁。

狀況危急，偏遇颱風豪雨，如何送醫？

大家七手八腳地，連忙將郭月鳳送進房間床上。

有接生經驗的陳吳惜粉，察看仔細後，就囑咐管家阿婆：

「汝緊去燒滾水，烘一支新剪刀來！」

大家亂成一團，也無暇去管阿鳥了。

心思單純的她，唸著自創的佛號，越唸越專心，那抑揚頓挫，漸漸地就自成調性，字句綿綿密密，持續不斷——

蓮霧芋圓豆腐，蓮霧芋圓豆腐……

宛若孤帆在狂風暴雨中顛宕跌撞。

郭月鳳身心的混亂狀態，也隨著陣痛間隔的時間越來越密集，子宮頸張開的速度，卻是數秒進行，拖了三、四個多小時，天都大亮了，還開不到一指半。

已經痛到無法擔憂其他兩個孩子，也完全失去思考能力的郭月鳳，原先還似抓著浮木般，努力在心中唸著各種佛號強自鎮定，但漸漸地，她就痛到連任何一尊佛號都想不起來，在痛與痛的間隔裡，她短暫失去意識，卻又馬上被另一波襲來的銳痛刺醒。

而屋外，颱風眼已過，風雨依舊飄搖，卻不再瘋狂嚇人。

但昨夜暴雨成災，冬山河氾濫，羅東地區數處堤防崩潰，市容已成汪洋。

事後據官方統計，那次颱風造成千餘間屋宇傾倒，數千公頃稻田浸泡於水中，低於海平面的五結，災情更是慘重。

阿山的叔公、嬸婆——番鴨叔公、番鴨嬸婆的鴨寮，當然是全毀，幸虧他們早早作了防颱準備，收拾細軟避難，才保住了命。

第二天中午，當颱風漸漸離境，風雨變小，水位卻尚未退去，番鴨叔公與番鴨嬸婆，就等不及各划著一艘鴨母船，前後作伴而行，四處溜轉，看到什麼可能賣錢的東西，就一路撿撈，打算發點颱風財。

混濁的水路上，漂蕩著大量垃圾、牲畜家禽的浮屍，有些不知愁的少年，還將大浴盆當船駛，玩起水上遊戲。

而說來可能沒人相信，但事實就是如此。

大概是因為海水倒灌？還是啥鬼裡古怪的亂七八糟因由？原本在南方澳泅水失蹤的阿山、阿傳，以及在海岸邊玩耍的阿妹姑與阿蘭，不知怎地，竟被漂流到了冬山河附近，而且躺在大大的竹筏上，正睡得唏哩呼嚕。

好不容易撿撈到兩大船「財貨」的番鴨叔公與番鴨婿婆，發現那幾個孩子時，驚得差點從船上摔翻下來，但救人要緊，他們雖萬分心疼，倒也不得不將「財貨」又通通丟回髒水裡，騰出空間，把他們一個個拉上船來。

這樁奇蹟，很快地就隨著水位退去，傳遍整個大宜蘭地區。

也不知是憑空想像？神靈託夢？還是颱風夜誰曾跑出來散步看得仔細？總之他們繪聲繪影地，說得天花亂墜，不過所持角度各不相同。那信奉觀世音菩薩的，說是觀世音菩薩顯靈；信奉耶穌基督的，說神救世人；漁民說是媽祖、廟祝來發伯說是三聖公、常與來發伯搶信徒和香火錢的那家小廟裡，則有乩童突然起乩表明，是三太子的功勞……反正言之鑿鑿，人們心裡相信什麼，就覺得哪種說法比較可信，爭議在所難免，事件總算圓滿落幕。

不過，阿山等四人的口徑卻相當一致，總年齡加起來未滿五十歲的他們，已經盡最大的努力說明，但大人們卻只肯相信前半段——被大海捲走後，就什麼都不知道了；卻不肯相信後半段——醒來後，海面上一望無際的蓮霧樹、芋圓、白豆腐，而他們就躺在上面，四處漂浮。

「騙恁阿嬤才十八歲，蓮霧芋圓豆腐若會救人，路邊的狗屎也能吃！」

「算啦算啦，返來就好，囝仔懂啥？驚返來被打，才亂亂編……。」

總之無論孩子們怎麼說：「啊就真是蓮霧芋圓豆腐嘛！」卻沒人當一回事。

而從夜半僵持到次日午間，還猶豫不決、拖拖拉拉的嬰兒，在阿傳與阿妹姑終於安抵家門的那一刻，總算果斷地告別母親的子宮，讓已經累得昏昏沉沉的郭月鳳，頓時鬆了口氣，頭一歪，馬上睡著。

午后，在宜蘭留下滿目瘡痍後，完全離境的颱風，繼續掃蕩花蓮。

同樣是尤家戲院，被同一個颱風摧毀得極為嚴重。

「那邊的」頭家娘在無力收拾殘局的情況下，於三天後，第一次帶著兩個孩子來到羅東。

她微胖的身材，溫和的面目，活脫脫是「溫良恭儉讓」的最佳範型。招贅的丈夫娶細姨，她從頭至尾，不曾吵過鬧過，別人也無法從她緊閉的嘴裡，揩出半滴心意，反正她慣常就是那般合於女德禮數，平直的嘴角兩旁，深深的法令紋比眼角的皺紋還要提早數年出現。一九四九那一年，當周遭相關或不相關的人，都紛紛為她打抱不平時，劉蚶嘆著氣，問他的女兒：「汝是按怎想？若依我看，阿部拉人是不壞，也算會做事，我歲頭七十多囉，戲班子帶出去欠人手，汝又都守在花蓮這邊，查脯人身邊要有個人看頭看尾，伊五湖四海慣習，錢才入左手，右手就出去，若沒從妳這邊挖錢出去，汝就算賺到——，不過，總是要汝有一句話才好打算？」「四個囝仔，兩個姓劉，兩個姓尤，若再有姓尤的，干我沒誌代！」無論是對於父親或夫婿，她仍是那樣溫溫的一句話，奉上泡好的茶，就慢慢走出去。

這會兒，她正是帶著姓尤的那一男一女，尋到了宜蘭尤家。

事情很明顯，尤豐喜將近一年沒回花蓮，戲院生意時好時差，遇到颱風，她需要一筆錢回去整頓。

第五章

「哼，真正是苦瓜煮鰱魚，可憐啦！」

已經幾天了，管家阿婆忍不住還是時時在背後碎碎唸。

「小的沒找大的要錢已經慘死了啊！大的還來小的這裡挖錢，太超過啦！沒見過作小的，作得這麼不值，是哪一國的道理嗄？……」

忽聞有腳步聲從樓梯上下來，管家阿婆連忙噤口，喚來阿鳥，將撿菜的工作交給她，自己則起身，將灶上溫著的柿餅雞酒和杜仲湯，端到餐桌上。

「我沒胃口，先收起來吧。」郭月鳳臉色依舊蒼白，皺著柳眉，將滿懷的帳冊攤開在桌上。

「要不要送咖啡上去？」管家阿婆小心翼翼地察顏觀色著。

「免啦，看伊要睏到幾時！」郭月鳳連頭也沒抬，繼續打算盤，一筆筆對帳。

「咱查某人做月內，躺著休息最重要，不好這樣用眼睛——」管家阿婆勸著。

「若是做牛，免驚無犁好拖，」郭月鳳喟然一笑，轉口吩咐：「阿鳥，妳衫熨好沒？等一下頭家醒來就要穿出門——」

「哎呀！慘啊！」正在洗菜的阿鳥，驚呼著跳起來，抬著濕漉漉的手，趕緊衝向工作間。

「腳步放卡輕咧，頭家給妳吵醒——憨查某，」管家阿婆壓低聲罵著：「熨衫熨到忘記，若著火災，十條命妳也死不夠……」

●

其實在臥房裡的尤豐喜，已從幽深的眠夢中醒來，只是懶怠下床，閉目假寐。

自從那個囝仔清醒，通鼓仔撤回告訴後，他就得知消息返家，但仍如往常般，你兄我弟的應酬極多，一下子臺北，一下子高雄，一下子又是嘉義、臺中……，有時連郭月鳳也不知道他人在哪裡，有事該回家、想回家的時候，他自然會回家。

但說來有趣，經常影跡難覓的尤豐喜，無論身在何處，卻總能及時趕上郭月鳳臨盆之際。是巧合？或是心有靈犀？前兩胎如此，趕在颱風日早產的這一胎亦是如此。

那陣子，由於之前宜蘭縣長盧纘祥突然腦溢血病逝於臺北市大同旅社，引起嘩然，地方上的政治派系可能面臨權力結構重新洗牌的危機，尤豐喜雖未直接參政，卻也難免私下運籌布局，所以成天忙得不見人影。

颱風來襲當日，尤豐喜原與某些地方政要流連於北投。

由於颱風是從蘇澳登陸，臺北方面，風雨只是時起時歇，氣候反倒清涼，完全無阻於人們尋歡作樂。那卡西樂團的走唱姑娘，唱著一首首蒼涼幽怨的日本演歌，酒酣耳熱間，某地方政要竟撒下大把鈔票，叫陪酒小姐們脫下內褲，用陰部去沾黏，沾黏到的都算是小費。

小姐們呆住了，妳瞧我，我瞧妳，臉色相當難看，其中一位叫麗娜的小姐，還差點當場發飆，端起酒就要潑向那位始作俑者。「這杯酒是要敬我？從妳手裡喝，特別甜……」尤豐喜眼明手快，擋前緊擁住麗娜，大大的手掌箝過那握著酒杯的小手，啜了一口酒，順勢在麗娜耳邊悄聲說：「這些人妳得罪不起，算了吧！」眼眶朦朧了的麗娜深吸口氣，硬將淚水忍了回去。

「小姐若脫褲，咱不就要脫衫？才不會腦充血！」尤豐喜仰盡杯中酒，邪笑說著，將麗娜抱坐在腿上，拉她的手幫自己脫去上衣。

那些政要隨即意會過來，嘿嘿浪笑。

鶯鶯燕燕們反應也夠快，趁勢就笑鬧起來，展開溫柔攻勢，撒嬌著，當場也強要幫他們寬衣解帶，這一鬧，注意力被轉移了，無人再管那滿地的鈔票，登時，趁機上下其手的，摸乳的摸乳，摸腿的摸腿，女人們則嬌笑尖叫。

「啊！凍未條！」有人發出心旌蕩搖的聲音。

「凍未條就先開房間解決，卡免流鼻血！」尤豐喜笑得更淫了，滿臉酒意的他，擁起麗娜，踩過滿地的紅色鈔票，顛顛搖搖地晃出去。

醉臥溫泉鄉，早習以為常。但每回與酒場女子交歡，尤豐喜的心，就會變得無限荒涼，深切地思念起遠方的小妻子，這一次思念之情尤烈。即使他向來有種奇怪的信念，只要把女子帶出場，若不做那回事，就是對女性的侮辱，但這一次，面對秀色誘人的麗娜，他根本了無性致，輕輕推開她纏過來的裸身，丟下足額的鈔票，就穿起衣褲。「人家——，人家根本不要你的錢嘛。」麗娜嬌聲地，從背後抱過來，將錢塞回他的手中。尤豐喜卻仍將錢置於床頭，無視於麗娜眼中的幽怨。

「你這個憨大呆！無心肝！」麗娜氣得丟過一隻枕頭。

「失禮啦！下回再來陪罪。」尤豐喜笑一笑，閃過了，仍是帶上門出去。

由於颱風的緣故，交通受阻，尤豐喜趕回羅東時，已是次日，恰恰迎上新生兒驚世的初啼。尤豐喜只是隨意瞧了一眼皺巴巴的嬰兒，厚掌緊握著郭月鳳的手。「你回來了？」郭月鳳勉強睜開眼睛，露出心安的微笑，就又沉沉睡去。

很難得地，接連數日，尤豐喜除了到轄下戲院兜轉外，幾乎都待在家中。

日前，當花蓮元配尋來時，正是他開的門。

見到丈夫，劉雲卿先是眸子一亮，繼而黯淡，她垂下眼睫，對著孩子說：「見到阿爸，也不會叫嗎？」兩個十四、五歲的孩子，這才小聲地喚了句：「阿爸！」

「乖。」尤豐喜摸了摸兩個孩子的頭，把他們讓進屋裡。

準備了滿腹言語，見了面，卻不知從何說起。劉雲卿表情木木地坐著。

尤豐喜抽著菸，找話說：「伊在做月內，呃，不方便下樓——」

「我不知伊在做月內！」劉雲卿點頭，聲音小得像蚊子。

兩人又陷入長長的沉默。

「阿爸，厝內淹大水，戲臺攏吹壞去啊，你快回家修理嘛！都靠阿母一個人，伊真辛苦——」那個女孩鼓起勇氣說。

「囝仔人有耳無嘴！」劉雲卿瞪了女兒一眼。

「我也沒有說錯！」女孩倔強地頂嘴。啪！平日溫良的劉雲卿，竟不由分說地就揮掌打了女兒一個耳光。「一人一款命！我是按怎教妳的？人家有做月內的命，是人家前世有修，妳在怨嘆啥？」劉雲卿少見的疾言厲色。

那女孩撫著臉，含淚憤怒地望著母親。

「囝仔懂啥？妳何覓苦打囝仔？哎！」尤豐喜皺眉，嘆氣。

他將幾日來收到的票款，連同預計該付給片商的錢，通通給了劉雲卿，囑她先回花蓮。

「若是伊的錢，我不要。」劉雲卿低著頭說。

「什麼伊的錢，我的錢，妳的錢，不是攏總同款?!」尤豐喜粗聲粗氣地。

劉雲卿噤聲了，收下錢。

相送前往火車站的路上，仍到處是颱風肆虐過後的痕跡，廢棄的垃圾成堆地丟在路旁。尤豐喜擁著劉雲卿，小心繞過路面的阻礙，幾番欲言又止，但劉雲卿只是低悶著頭，「大白天的，按呢歹看呐！」她臉紅紅的，細聲說著，扭捏地牽過兩個孩子。

尤豐喜也就放開擁著她的手臂，雙掌插進褲袋中。

望著她日益發福的腰身，與敦厚的臉龐，尤豐喜感覺既熟悉又陌生。

戰前，當他從屏東潮州的公學校高等科畢業，任職於日商製藥廠，被派駐為花東地區外務員，才十七歲的他，一邊推銷藥品，一邊到處博覽（廝混），尋找發展的機會。

那時，臺灣的日本政府已經禁止地方戲曲公開上演，民眾很難在廟會中欣賞到野臺戲的演出，但是福佬村裡歡喜地方戲的人，還是常常會私下聚集在劉蚶家門前的曬穀場「滾歌仔」。劉蚶原是宜蘭冬山鄉的人，家裡雖然務農，但是父親熱愛戲劇，也鼓勵子弟學戲，他總是對子女們說：「日時種田作土牛，晚暝若擱關在厝，早晚人生會瘟龜。」因此劉蚶自幼就學戲，農餘暇時，大家在甘蔗田裡就粉墨登場了。年長後移居花蓮，他的興致未減，經商務農之餘，還組了個子弟班，地方戲遭日本政府禁止後，子弟班表面上是解散了，但私下卻「知法犯法」，仍然樂演不疲。

為免太過招搖，曬穀場上沒有戲棚，只堆了個寬闊的土埕，有時候熬炭頭作照明，有時候則是利用當時鷹仔牌煉乳的空鐵罐裝上番仔油當燃料，點亮兩端托子上的燈芯，微弱的火苗在夜風中抖動著，即使視線昏暗，熱愛歌仔戲的鄉人還是遠近而來，將曬穀場擠得滿滿的。

由深夜開始的演出，常因觀眾欲罷不能，而拖到天亮。有時候，觀眾中夾雜著一些愛惡作劇的羅漢腳仔，窮極無聊，竟乘著戲正搬演到高潮，觀眾如痴如醉時，突然高喊一聲：「警察來啊！」一登時臺上臺下亂成一團，大家有如驚弓之鳥，四處奔逃，人群裡，臉腮兩圈大紅餅的媒婆拉高著紅綢衫，露出一對粗壯的光腳丫，拔足狂奔，那演山伯的，丟開了似海深情，撇下英臺轉身就跑，有時則是五娘忘記自己已經嫁給陳三，跟著昔日的「冤親仇人」林大舍相偕而逃……。所幸多數時候這都是虛驚一場。

但有一回，為了福德廟前的酬神戲，因為事先過分宣揚，弄得遠近皆知，派駐所警察就真的來到了現場「關心」。事情與尤豐喜這個外地少年仔根本無關，但天生豪爽的他，就主動攬了事來。「大人罕行，裡面坐著吃茶啦！」他與幾個日本警察原就略熟，套起關係，他認識的誰還是誰誰誰的學長、學弟云云……，大家聊開了，事多三分人情，也就萬般好推敲，或許是賣個面子，同時也為了籠絡鄉民，只要不繼續大張旗鼓，日本警察終究睜一隻眼、閉一隻眼讓事情過去了。

之後有一天，尤豐喜又去看人家「滾歌仔」，劉蚶見了他，放下大筒弦，點了根菸請他，閒聊著：「人卡歹也有兩撇，歌仔戲演沒路，總不能食飽等死，無底棺材還沒釘咧?!」「大埕若來放映畫，啥款？」年輕的尤豐喜，已有某種早熟的江湖氣，他咬著菸，隨口漫應一句。「映畫？」劉蚶聽人說過，卻從未看過。「若無親眼看過，我講再多，你也是鴨子聽雷……」尤豐喜繪聲繪影地說著電影的好處與神奇。雖然日據時期，臺灣電影業才起步，但對於這個時髦行業所知有限的他，卻興味十足。

就這麼閒扯著，兩人一拍即合。

但即使劉蚶能夠出資，要取得放映的機器、技術與影片，也非易事。

尤豐喜跑了好幾趟臺北，才找到年輕時曾在榮座跟日本人學放電影的土城人番薯波仔。番薯波仔開設的興行社，擁有自己的樂隊和辯士，專門從事巡映業，不過行跡多流連於西部平原，從未涉足遍遠的後山地帶。

尤豐喜將番薯波仔請來的那一日，花蓮平原上天氣陰幽幽地，偶爾還下著毛毛細雨。

雖然遊行隊伍僅有辯士黃天獅、電光師番薯波仔，和兩個樂師，但所到之處仍引起騷動。

「人說辯士第一好，是大稻埕的蕭天狗和詹天馬，伊二人不分勝負，但若是走出臺北郡，人就不識你是阿馬阿狗；啊我咧，是全省走透透，講古話虎濫第一好，會唱歌會拉曲的黃天獅……。」一路上，黃天獅鼓著三寸不爛之舌，介紹即將放映的電影，同時不忘為自己吹捧。

「波仔映畫巡迴班」紅色布條，在潮潤的空氣中微微抖動著。

夏日晝長，天色未晚，大埕前就人頭烏鴉鴉，劉蚶眉開眼笑地。就是那一天，尤豐喜正站在番薯波仔身旁，看他如何操持碳精棒、為影片對焦時，猛然一陣地動山搖，放映設備嘩然傾倒，碳精棒灼燒了膠卷、燃向白色布幕，人群慌狂驚逃。

雖然火災很快被撲滅，但放映電影只得取消了。

尤豐喜敗興地與一干人收拾殘局。

強震後，仍有大大小小餘震數起。在餘震間歇時，劉蚶灰頭土臉地從作為掩護的長條椅凳下爬出來，悶聲不響地踱到尤豐喜身邊，將他拉到一旁，唐突地提出想招他入贅：「天地圓輪輪，串餓是羅漢（單身），你若對映畫有趣味，咱就家己來組一班……你橫直是無某無猴，我孤孤這個查某仔，真乖擱真賢慧……。」尤豐喜順著劉蚶所指的方向望去，那蜷縮在長條椅凳下的圓臉女孩，紮著兩條粗辮子，還在地震的惶恐中，撫著胸口，微亂的髮絲飄散在前額。

尤豐喜沒有點頭，也沒有搖頭，只是快步走過去，扶起女孩，順手撿起掉落地面的花髮夾交還給她，女孩揚起蒼白的臉，唇角若有似無地閃過一抹微笑，在那一刻，尤豐喜恍然看見自己縮小的倒影，被包覆在她受驚的瞳仁裡。

事情就這樣定了。沒有一句情愛的言語，他們成了夫妻。

婚後，無論尤豐喜說什麼，做什麼，她總是說：「你若好，就好啦。」也不知意思是，你做決定就好，亦或，這樣決定若對你好，就好。

在火車站前，尤豐喜買了幾大包的水果糖和四根冰棒，先將其中一根拆了封遞給她。

「囝仔吃就好啦。」

「夠啦，剛好一人一根。」

看見兩個孩子已經開心地吃起來，劉雲卿這才接過冰棒，小口咬著。

尤豐喜有一句沒一句地問著花蓮風災，以及戲院受損的情形。

忽而又不經意地提起：「剛生完，伊身體不爽快，才沒有下樓來——」尤豐喜解釋著說：

「嬰仔不足月，伊差一點難產……。」

她只是聽著，沒有回答。

「火車來了。」她站起身，牽過兩個孩子，快步往月臺的方向走。

「另日有閒，我再回花蓮。」尤豐喜幫她提著大包小包，跟上去說。

她接過行李，應了句：「你若好，就好啦。」平緩的語調，與平日一般聽不出任何情緒，溫厚的臉上，也無一絲喜怒。

送走劉雲卿，尤豐喜又在街上蹓躂了一會兒。

返回家中，郭月鳳正在餵奶，見到丈夫，她別開臉，拉起衣襟，扣上鈕釦，將嬰兒交給管家阿婆帶走，把保險櫃的鑰匙，往案頭一擱。

「過幾天該付片款了。」郭月鳳淡淡地說。

「妳在生氣?」尤豐喜倚在床邊，含笑勾起她的下巴。

「有什麼好生氣?該給人家的就要給人家!」郭月鳳推開他的厚掌。

往後幾天，尤豐喜卻動也沒動那把鑰匙。

這日醒來，尤豐喜還想繼續賴床。

「你再不把錢存進銀行，開給片商的支票，就要跳票了。」

郭月鳳的聲音在背後響起。她將熨妥的西裝，掛在衣架上。

「妳把我吵醒啦，要怎麼賠罪?」尤豐喜笑問，舒服地伸個懶腰，把郭月鳳拉進懷裡。

「都快中午了，你還不起床?」郭月鳳哼著聲說，試著推開他，卻被箝得更緊。

「妳不笑，我就不起床，」尤豐喜雙臂環著郭月鳳，死皮賴臉地說：「妳笑一個嘛，做完月內那天，我就帶妳到臺北逛委託行好嘿?」

「哼，六月芥菜假有心!」郭月鳳睨眼，笑罵著。

●

從銀行出來，尤豐喜漫步於羅東街頭。

細雨微飄，陽光卻由雲層灑落，經雨霧折射，浮映出半截虹影，在潮濕的空氣中，那彎曲的虛幻虹色，泛漾著迷離光波。

前方，戰前即已停駛的五分仔車，在尤豐喜初到羅東打天下時，原本還留有廢棄的鐵軌，於今已因路面拓寬而拆除。

日治時期，他還曾跟著巡映隊搭乘沒有頂篷的輕便臺車經過羅東街。當時，那條聯通宜蘭、三星、利澤簡與蘇澳之間的輕便鐵路兩畔，還是綠野田疇，鄉村氣息濃厚。

那是成為劉家女婿之後，原本打算自組映畫班的計畫沒有成功，相反地，為了深入了解電影這個行業，他倒加入了番薯波仔的興行社，遊走於全省。

不久，隨著戰事逐漸吃緊，興行社也應日本政府徵召，成為巡映隊，由日本人中村木野帶領，到全省陸海軍各營地慰問兼宣導，有時也在皇民奉公會所在地的鄉公所禮堂，或民間廟口前的露天廣場播放新聞片，偶爾穿插一些劇情片。

當巡映隊來到羅東，全團隊員坐上了輕便臺車，沿途放送日本皇軍大勝的捷報，以及將巡映於大蘭陽平原一整個月的好消息。

未料，次日預備吃中飯時，昨夜還在放映電影的巡映隊，全被集合在宜蘭國小，肅立凝聽日本天皇宣布無條件投降的短波放送。

人們面面相覷，難以置信。

領隊中村木野表情呆愣愣地，良久良久，才突然仰天嘶嚎，淚水奔流。

此時，人們才恍然那竟是真的？雀躍不已，連聲歡呼！

那正是一九四五年八月十五日，中午十二點。

八月十六日，全省的巡映隊就都被遣散了，尤豐喜沒有先回花蓮或屏東潮州，反倒隨番薯波仔和黃天獅等人一起到了臺北。

戰時的燈火限制已經解除，家家戶戶都把糊在玻璃上的黑紙撕掉，疏散到鄉下避難的人們紛紛趕回城裡，到處一片喜氣洋洋。

迎接祖國接收的活動，在各地進行著，人們笑頭笑臉的，內心充滿歡樂和希望。聽說艋舺人辛奇在日本投降前一夜，即與朋友集合在延平北路的張武曲布店前教唱「國歌」，尤豐喜也慫恿想做一些什麼的番薯波仔如法炮製，以表示臺灣人對於祖國的最高崇敬。

問題是，誰會唱新國民政府的「國歌」？全是受著日本教育的他們，竟找不出一個人會講阿山仔的外省話。尤豐喜不知去哪兒找來了幾個去過大陸的半山仔，和番薯波仔、黃天獅，以及巡映隊的幾個樂師，在淡水河畔的防波堤上，吹著河風就練唱起來。

「三民主義，吾黨所宗，以建民國，以進大同……。」

他們喊出丹田的力量，咬著不清晰的口音，一遍又一遍地學舌，表情無限莊嚴。遠方，夕照霞豔，映著淡水河波光粼粼，日漸淤淺的河道上，仍有不少俗稱艋舺的桅舟悠然穿梭，河畔綠草如茵，大樹下，錯落著一張張涼椅、小桌，人們在那裡納涼、閒聊，喝著茶，瞎眼的樂師伴著小歌女走唱其間，討點賞錢⋯⋯

聽到他們雄壯的歌聲，許多人都圍了過來，連那個唱著雨夜花的小歌女，也收起幽怨的嗓音，投入學唱的行列。

但「國語」實在太難了，那些半山仔教唱了半天，多數人還是搞不懂——「啥啊——咪——煮薏，烏——湯——餿粽，魚煎——麵疙，魚煎大啊——豆」是啥咪碗糕，練到夕陽都沉了，這些心向祖國的先進份子們，猶抱著頭殼嘆氣，他們竟還在國歌的前四句裡苟延殘喘，怎麼也往前邁進不了。

反倒是一旁的瞎眼樂師，聽著聽著，已經摸熟了調性樂音，用他的二胡咿咿啞啞地拉起了旋律。

最後是精通漢文的黃天獅出招，問題才總算迎刃而解。

「這阿山仔最愛吃麵啦，一開始就特別提醒咱大家，灑麵要小心注意，那嘸會引起火災，或者是燙到，所以說：『灑麵注意』，『烏湯餿粽』是在講壽司嘛，烏色的海苔片包白色的酸飯，伊阿山沒吃過，以為是臭酸的粽，叫咱今嘛起，免吃日本人的臭酸飯，改吃『魚煎——麵疙』，和『魚煎——大啊——豆』⋯⋯」。

黃天獅「話虎爛」的教唱方式，讓原本哀嘆不已的群眾笑成一團，卻也功效十足，很快就記憶住拗口的歌詞。

「灑麵——注意——，烏湯——餿粽，魚煎——麵疕，魚煎——大啊豆……」

人們興高采烈地吼唱著，身體隨高亢的旋律左右搖擺。一支小喇叭、一臺手風琴，一對手搖鈴，出身於那卡西的巡映隊樂師們，竟將沉緩雄渾的國歌旋律，奏成了東洋味，兼而摻入了瞎眼樂師二胡的小調悠揚，而臺式閩南國語也唱得荒腔走板，但沒有誰會吹毛求疵。

那略帶滄桑的「東洋味國歌」，長長的尾音在漸暗的夜風中抖顫著，而許多人早已是唱得熱淚盈眶。

但是，沸揚的激情與殷望，就像雨霧中的彩虹，只是光線折射的蜃影，水氣蒸散後，也就消逸無蹤。

很快地，前來臺灣接收的國民政府部隊在各個港口上岸，遠近而來搖著小國旗歡呼的臺灣人，看到自己所迎接的景象，驚得嘴咧咧，下巴差點掉下來。

「那些外省仔兵腳底穿草鞋，肩胛扛棉被，手裡拎一支破雨傘，鍋鼎揹在胸坎前叮噹晃，一來就亂掠亂搶，有夠狼狽啦！」

這樣的失望，在許多臺灣人心中烙下集體印象。

尤豐喜最驚訝的是，當「夢純喫茶」在西門町三之十九番開張時，還有個外省兵看到侍者旋開水龍頭就有乾淨的自來水流出來時，大為羨慕，馬上跑到附近的水電行買了水龍頭回家安裝，左旋右轉半天，卻不見水流出來，憤而大鬧水電行，硬指那個倒楣的侍者是和水電行老闆串通欺騙他，最後差點鬧出人命。

類似的笑話，不斷地在各處荒謬上演。

舊的恐懼與怨恨，隨著異族政府的離去而漸行漸遠……，而祖國送來一批又一批語言相異的同胞，卻是你看我，我瞧你，在許多人眼中，彼此仍是非我族類。舊秩序壞毀了，新秩序卻暫時建立不起來，唯有新的恐懼與不安在悄悄滋長，二二八事件後，被迫害的驚惶，以及害怕被迫害的恐慌，更強烈地籠罩在島國中生活著的每一個族群的每一個人心中。

臺灣的電影業也在狂流逆亂的洪濤中隨浪逐轉。

而越是局面混亂，機會也就越多。

尤豐喜正是因緣際會趁亂而起，發了他生命中的第一筆財富。

光復之初，全省戲院都緊鑼密鼓地重新開張，需片量極大，尤其是來自祖國的電影，聲勢更是凌駕於西洋片之上，無論內容、品質如何，均是場場爆滿，人們即使聽不懂國語，依舊滿懷熱情地擠進戲院，感受祖國的溫暖與榮光。

尤豐喜看準了這波態勢，回花蓮找劉蚶商籌些許資金，就遠赴中國大陸，走私許多上海三十年代的舊片入臺，除了提供北部戲院放映外，也發展了在花蓮的戲院事業。

此其時，臺灣省行政長官公署宣傳委員會已陸續接收了全省十九家日產電影院，成立臺灣電影事業股份有限公司，統籌辦理戲院及代理影片發行的業務，並將接收的戲院提供給業者承租。

已經算是半個花蓮人的尤豐喜，一口氣承租了多家戲院，並且計畫將經營觸角深及鄰近花蓮的蘭陽平原。

然而要在地域性格強烈的蘭陽平原打開局面並不容易，私人戲院多為當地富商擁有，根本動彈不得，而臺影轄下的新生戲院、蘇澳戲院，都已經承租出去，只剩被學校佔用的南方澳戲院了。「租這款破破爛爛的戲院，我看不妥當喔?!」原本劉蚶相當反對，慫恿女兒出面阻止，但他女兒只淡淡地說了句：「伊若好，就好啦！」尤豐喜終究是不顧丈人反對，將走私上海影片積存的錢，加上妻子的私房錢，由裡至外大肆整修破敗的南方澳戲院。戲院重新開幕那日，乍見望著他先是瞪大眼睛、繼而笑得直不起腰的郭月鳳時，尤豐喜震了一下，喜悅漫泗而來，伴隨著她銀鈴般的笑聲，他的心底似有音樂響起，節奏輕快而旋律溫暖，閱歷豐富、場面見慣的他，竟露出身邊親信好友從沒見過的靦腆，也憨憨地笑了。

「奇怪，哪會每個人都聽我的，偏偏我卻都聽妳的？是妳的笑容像符咒，害我憨憨旋……。」日後尤豐喜每與郭月鳳意見不合，卻又爭不過她時，就會這麼調侃著。「哼，不會駛船嫌溪彎，家己沒定性，愛憨憨旋，還怪到我這邊……」郭月鳳撇嘴皺著嬌俏的鼻子說。

越是如此，尤豐喜有時會故意反其道而行，並因著小小的背叛成功，洋洋得意，不過最後卻又發現，佔贏的通常還是郭月鳳。

就像走私影片的事，尤豐喜從來不曾透露風聲，但或許是女性天生的敏感吧？向來只管戲院票務會計的郭月鳳有一次突然在閒聊中提起：「以前走私來的上海影片音質嘁嘁喳喳，畫面也不清楚，講話聲音更是哩哩囉囉，現在日語片不能演，國語片臺灣人又聽不懂，若是有講臺語的影片就好了……」她輕描淡寫地說著，尤豐喜不置可否地揚了揚濃眉。

不久前，因長官公署祕書長葛敬恩的女兒葛允怡，將上海淪陷時與國民黨對立的所謂「漢奸偽組織」影片運來臺灣放映，各界議論紛紛，陳儀於是下令禁演。許多機巧的走私客都受到波及，提早抽手的尤豐喜幸運地躲過一劫，郭月鳳的話，讓正在思尋新片源的他，靈機一動。

當時，三十年代老片因品質太差，影片充滿噪音，模糊的畫面甚至像下雨一般亂線紛雜，漸漸使觀眾倒盡胃口，電影市場又變成西洋影片的天下，八大公司幾乎壟斷市場，行徑非常囂張，動不動就以拒絕供片為要脅，逼使戲院業者就範。約莫在這段時間，中電、大華、崑崙、長城也來臺灣成立四聯辦事處，打破了國片市場由大中原與國泰獨佔的局面。許多片商都積極往外拓展片源，尤豐喜銳利的眼神，則將焦點轉向同樣屬於閩南語系的廈門片。

雖然電影同業中，有人比他捷足先登，搶先引進由廈門名媛鷺虹主演的第一部臺語發聲片《破鏡重圓》，在臺北新世界戲院首映時，造成大轟動，但順勢操作、隨後跟進的尤豐喜，等於是不冒任何開路風險而沾光。

除了大量便宜買進廈語片外，因為光復而解禁的地方戲劇再獲生機，並且迅速蓬勃發展，深愛歌仔戲的劉蚶就把舊班底組織起來，原先只是在花蓮一帶趕廟會、搭戲臺演出，在尤豐喜野心勃勃的推展下，戲路才開始向外擴延。

然而這個戲班子充其量只是農村子弟戲的脫胎換骨，閒暇助興綽綽有餘，跑碼頭作專業演出，火候就略嫌不足，加上沒有出名的臺柱，就更欠缺競爭優勢了。

當時，已經跟在尤豐喜身邊一起打戲路、跑碼頭的郭月鳳，很快就看清楚致勝的命脈。她綜合劉蚶等老輩們的看法，肯定人稱歌仔助的歐來助是公認最佳的戲先生，但四處打聽，卻無結果，甚至有人傳言他已經過世，失望之餘，又聽人談起曾在布坊店教過壯三班的老婆琳，就找機會到員山浮洲尋訪，仍是徒然。

「找戲先生？幹，誰人會比歌仔坤內行？當初你若跟去，今嘛不是生，也是旦……」郭月鳳的繼父簡大目偶然提起，郭月鳳才想起遙遠的記憶，昔日她差點被送進的戲班子，團長原來正是歌仔坤，據說他是歌仔助的遠親，因為仰慕歌仔助的聲名，戲又學得十分到家，因此被稱為歌仔坤。但是歌仔坤退休後，據說住在地名稱為「撈洞」的遍遠漁村，其時已有孕在身、即將臨盆的郭月鳳，實在無法親自出馬。

衡量之下，有一天，她對丈夫說：「憨衝憨拚，拚不過江湖一點訣。」那陣子，尤豐喜在同一個地方談下三檯戲，但戲班子擅長的《山伯英臺》卻只能夠撐兩檯，對方又希望不要老是演出同樣的戲碼，因此戲班子突然就面臨無戲可唱的窘況，尤豐喜與劉蚶真是傷透了腦筋。「げつほう講得有理啦，吃對藥，青草一葉，但是歌仔坤住在天邊海角，路途遙遠，脾氣又猴怪，哪有法度請？」劉蚶說。算來，他與歌仔坤亦是舊識，早年，就相當欽佩歌仔坤的戲藝，但要請他出馬，談何容易？

「是啊，若容易請，別人早就請去囉。」郭月鳳撂下一句，就閒閒地走開。

尤豐喜不服輸的脾氣被激了起來。

第二天，他就不動聲色地，悄悄帶著幾個常跟在身邊的少年家，搭火車到貢寮站下車。

由於當時交通仍十分不便，他們一行人徒步經過舊社、舊澳底、火山、沙崙、蚊仔坑、翻過後來改名為陡峭坪的佛祖嶺，走了四個多小時，才終於抵達偏遠的漁村。

「我就是患得軟腳風，才會退休吃飽等死，要怎樣出門去教戲？」體型矮小的歌仔坤，略微蒼啞的嗓門卻不小，當場就一口拒絕。

但尤豐喜不死心，提出優渥的報酬，又說：「先生若願意，我請轎來扛，您就免用雙腳行。」

「好啦，多桑，人吃嘴水，魚吃流水，這位先生講得真誠懇，您成天屈在家裡也不好，出去遛遛咧，當作耍，有戲教，又有錢拿，您心情爽快，病也好得快呀！」歌仔坤的兒子也在一旁敲邊鼓。

歌仔坤這才點頭答應。

不過偏遠的漁村，除了媽祖廟裡的神轎外，哪裡有人坐的轎子呢？若到外頭請轎夫抬進來又得費多少時間？

「嗟！頭殼卡活咧，也不是娶新娘，何必一定要坐轎？不會用米簍，或者是魚簍？」答應復出，歌仔坤彷彿突然恢復了活力，自己扶著牆壁，蹌著蹌著，就蹌到了閒置的大魚簍旁，叫兒子將他抱進去。

●

這平看過彼平崙，看到內山圓群群，
阿娘生水沒阮份，可比漢王想昭君
……
一天過了又一天，做戲可比天頂仙，
五湖四海流遍遍，沒煩沒惱倒少年，
做戲有歹也有好，一日食飽走奔波，
大小官員我識做，頭家提錢請我唱山歌……

日頭赤炎炎，海風暢心涼。歌仔坤就這麼坐在大魚簍裡，讓幾個少年家輪流抬著走，一路隨興唱起七字調仔，時而詼趣，時而淒傷，蒼啞的歌聲隨著山嶺起伏悠揚跌宕……。

來到戲班子，歌仔坤雖然行動不便，卻像一尾活龍，對什麼都有主見，他建議乾脆丟掉簡陋的舊行頭，添增新道具、斥資製作豪華布景，初始劉蚶捨不得花錢，卻又拗不過女婿，也就同意了。

歌仔坤教起戲來，也與眾不同，不僅有本可據，還時時自己改編戲文，為了爭取票房，將腦筋動到心軟的婦女身上，每每在戲中刻意加強苦旦的悲劇成分。戲班子裡有位年輕女孩，潛質不錯，歌仔坤就特意栽培她，讓她既學生又學旦，還為她取了個與團名相同的響亮藝名小金鳳。

然而，歌仔坤的軟腳風時好時壞，症狀若起，就痛得根本無法教戲，整天躺在床上唉唉叫。郭月鳳聽說民間偏方赤米龜燉桂枝牛膝治軟腳風有效，就到處找材料來燉藥給歌仔坤吃，歌仔坤就這樣一邊教戲，一邊調養身體，連續吃了十來隻燉赤米龜，多年纏疾竟然真的一天比一天好。

原本說好只教半年的，但是時間到了，歌仔坤反而不想回去，自此更加盡心盡力地待在戲班子裡。

當時戲班子鬥戲的風氣盛行於臺灣各地，腦筋善變巧的歌仔坤對於布景特別有一套，只要尤豐喜捨得花錢，他就能夠設計出精彩的機關布景，有一次，戲碼排出《李世民遊地府》，十殿閻王審案設亟刑，臺上犯罪的陰魂手腳相抱被鍊鎖於空心銅柱上，利用雙層布景製造視覺的盲點，當鬼使伸出魔掌，陰魂就像真的被當場開膛破肚，內臟腸腑翻落出來，血流滿地，臺下驚呼尖叫，情景太過逼真了，有好幾個膽小的女人還被嚇得昏死過去。那一場，同打對臺演出音韻戲《二度梅》的涼樂社，雖然也絞盡心思，讓劇情進展到梅花在花園二度開放時，遍灑花露水，讓臺上臺下香氣襲人，卻怎麼也不敵金鳳社的聲勢駭人！

豪華的機關布景，在內臺戲時特別重要，利用大型道具與真人同臺演出，更是歌仔坤的拿手好戲，「草螟仔弄雞公、蜈蚣鬥雞，這攏是小局，怪手伸出來抓囝仔才有稀罕！」許多看過金鳳社演出的人，即使在歌仔戲逐漸沒落蕭條後都還津津樂道。那時節，小金鳳的大女兒才兩歲，歌仔坤預先安排讓她坐在觀眾席裡，當劇情演到風雲怪俠大戰天魔王時，臺上突然從幕後伸出一隻巨龍般的怪手，越過觀眾席，直接抓向兩歲的小女孩，觀眾啊地叫出來，而雖然事先大人已經講過劇情的發展，但是正在吃柑仔糖的小女孩，仍是嚇得大哭，驚狂躲閃，反而讓劇情更加緊張刺激，有些情緒太投入的觀眾，甚而還衝過來要護衛小女孩，臺上臺下打成一片，全場為之瘋狂。

在尤豐喜的支持下，金鳳社還在內臺歌仔戲中穿插影片輔助劇情發展，例如飛天鑽地、投海自盡之類，布景機關也難呈現的畫面，燈光一暗，從空中降下一片白布景就是最好的銀幕，畫面投影過來，原本在臺上奔跑的蒙面俠忽然就在銀幕裡的屋頂上飛躍，後方追兵亂箭飛射，燈光突然又亮，幾聲篋啷，舞臺中間以肥皂製成的門窗上，已經被射滿亂箭，真人蒙面俠也已撞破另一扇肥皂窗，躍閃進入後臺。

類此被稱為連鎖劇的設計，配合機關布景的巧妙運用，加上小金鳳越來越出色，原本沒沒無聞的金鳳社逐漸聲名大噪。

當時若戲演得精彩，觀眾看得過癮，賞金也就豐厚，戲班子會在戲搬演到一個段落時，將某人賞金若干的紅紙往布幕一貼，以當時而言，一檯外臺戲演下來若有一、兩百元賞金就算不錯了，金鳳社全盛時期的演出，卻常收到五、六百、甚至上千元賞金。

不久後，當遊走於北臺灣的金鳳社，戲路再度打回蘭陽平原時，往昔曾經付不出戲臺租金、箱籠都被扣押的窘境已然過去。原本談好只在大中原戲院演出一檔，卻因觀眾欲罷不能，連演了將近一個月。

這家戰後初期才蓋的戲院，屬於木造建築，屋頂和房子外側都加裝了直剖成半的竹片以防風雨，構造相當簡陋，由於經營不善，就由在市場旁經營餐飲業的倪哥接手承租，仍以演出歌仔戲為主，生意時好時壞。「真——可惜，若改放電影，地點很妥當……」郭月鳳與尤豐喜所見略同，探聽到戲院租約已經到期，乃私下運籌，希望能接手經營。

「做人不通按呢老鼠吃油目睭金啦，」一向來笑瞇瞇的倪哥卻不肯放手，他橫著臉說：「當初我扣押金鳳社的籠底，也是不得已，汝今嘛是在報老鼠怨？外來的要欺在地的？看誰後頭手臂較粗啦！」

雙方談判的場面火爆。

已經得到戲院所有人林桑默許的尤豐喜，濃眉一挑，跟在身邊的幾個少年仔也露出冷笑。在那當下，氣氛緊繃，不過尤豐喜畢竟已非血氣方剛，他衡量情勢，寧可智取而不以力搏。

「博繳（賭博）有來去，做人有輸贏，若是無膽的就不敢出來走跳，等合約簽好，白紙黑字，你要按怎，咱再來推敲！」尤豐喜踩熄菸，撂下這麼一句不硬不軟的狠話，就帶著子弟兵們離去。

但是倪哥也有他的地方勢力，戲院所有人林桑，為免扯進糾紛，原已同意轉換的承租契約，卻猶豫著遲遲不肯簽定。

情況就這樣僵住了。

向來不管這類事宜的郭月鳳，深悉丈夫的硬脾氣，想要到手的，絕對勢在必得，雙方僵持下去，若真的硬碰硬，只怕會把事情鬧大。

一日傍晚，她坐上三輪車，私下來到大中原戲院。

倪哥見到她，臉色極臭。

「雖然我是不打查某人，但是汝若再囉嗦，我就叫細漢的請妳出去！」

「倪哥，您沒聽人說嗎？（流氓）人博眉角，生意人靠頭殼，租戲臺若沒賺錢，何覓苦呢？這款時機，放電影比演歌仔戲卡佔贏，您也是了解呀！」郭月鳳仍是笑臉盈盈。

「人爭一口氣！阿部拉有毛吃到棕簑，無毛吃到秤錘，叫我雙手舉高，白白給伊好空（好處），免講啦！」

「相分吃有賸，相搶吃無分，咱攏是生意人，一邊退一步，勝過貓吃鹽——存死相拚！」

郭月鳳閒來扯去的軟聲軟調，說得倪哥逐漸鬆動。

僵持的確對誰都沒好處，放映電影勝過演歌仔戲，是時勢所趨，但倪哥除了行政經營能力外，根本沒有辦法取得片源，於是雙方達成協議，戲院由尤豐喜取得承租權，但仍聘請倪哥擔任戲院經理，並擁有部分乾股。

「幹！真正是——某若會吃氣，尪就會掌志！」

日後，因著共同經營的戲院事業，倪哥與尤豐喜漸漸成為好友後，常這麼笑著私下怨嘆。

從這家大中原戲院開始，尤豐喜的經營勢力，才算真正打進大蘭陽平原的核心，並且迅速擴展至頭城、南方澳、蘇澳、宜蘭、頭城等地。「阿部拉」的聲名，在地方戲院界成為一塊響亮招牌，遠近而來的戲班子，只要戲路打到花東、宜蘭一帶，必定會來拜碼頭，只要「阿部拉」點頭，就等於同時談妥了多家戲院的演出租約。

影片商方面亦是如此。

此其時，觀眾對於粗製濫造的廈語片已漸生厭倦，而隨著國民黨政府遷臺、動員戡亂時期的嚴法高壓，時局逐漸穩定後，民間生機復甦，開始有人興致勃勃地籌拍正港的臺語電影。

一日，某排片人李仁川透過蔡猴引薦，來拜會尤豐喜。

宴席設在春風閣。酒過三巡，那生著張黑膛臉的李仁川，猶在說著馬屁拍盡的應酬話，尤豐喜閒閒抽菸漫應著。

「這部電影絕對讓你賺到連作夢都笑醒——」

「這樣嗎？但是這支片在臺北演的時陣，好像有什麼問題噢——？」尤豐喜打斷李仁川的話，聳了聳濃眉說。

「哪有什麼問題？《六才子西廂記》真正是咱臺灣正港頭一支臺語片，一演就大轟動！」

「這裡雖然是小所在，但是臺北那邊的風聲傳很快嘛，大觀戲院三天就下片，依你估計，宜蘭羅東方面會轟動幾日？」尤豐喜吸了口菸淡淡一笑說。

「這，這個，呃，我想問題是按呢啦，」李仁川登時面紅耳赤，他以為蘭陽平原資訊落後，未料尤豐喜似乎是個臺北通，他吶吶地說：「那是大觀戲院的機器有問題，電影是十六釐米的菲林，他用三十五釐米的機器，當然不行嘛。」他說著，話鋒一轉：「尤老闆果然是內行氣，呵呵呵……我是話頭未說明，話尾才澄清，絕對不是故意話虎爛，尤老闆你大人大量，莫見怪啊，我卡失禮，罰一杯。」李仁川訕笑著乾了酒。

尤豐喜笑著回敬一杯。他早就心知肚明，打著臺灣第一部正港臺語片旗幟的《六才子西廂記》，在大觀戲院首映當日，的確造成轟動，卻因為機器問題無法對焦，觀眾嘩然，吵著退票，大觀戲院雖然緊急臨時改換十六釐米放映機，但當時的戲院都是大廳式的規模，座位動輒數百上千，以擁有七百多個座位的大觀戲院來說，十六釐米放映機投射出來的光影距離銀幕太遠，影像模糊不堪，觀眾根本看不下去。

《六才子西廂記》的導演邵羅輝，據說是東京帝國影劇學校編導科班出身的，能唱、能演、又能導戲，相當有才氣，尤豐喜早已耳聞大名。

「邵導演最近好嗎？他怎麼沒有一起來？」尤豐喜問。

「尤老闆和邵導演也熟識呀？您真是交遊廣闊，果然名不虛傳！」李仁川有點驚愕，嚥了口口水。

「一面之緣罷了，不過若有機會，我倒很願意與他相交。」尤豐喜說。

「那——太好了，有機會我一定要他親自來拜會，不過他——哎！因為片子的失誤，最近很失志，到東南亞去了，為了幫他，我全省跑透透，」李仁川又是嘆氣，又是拍著胸脯保證說：「我絕對不是話虎濫，這支片拍完時，曾經請白克看過試片，影像很清楚，內容也很精采，我一直鼓勵邵導演要有信心，內行的戲院老闆，一定會欣賞，特別是像尤老闆這樣有水準有眼光，絕對願意幫他——」

「他將版權委託給你嗎？」

「呃——，是啊是啊，也沒有簽約啦，好朋友嘛，純粹是幫忙，嘴裡說了就算數，邵導演臉皮薄，我卻不能不講義氣，拉下老臉，四處奔波，」李仁川又開始大拍馬屁：「人人都說尤老闆是最海派最講義氣的，若是能幫忙，邵導演一定很感激——」

李仁川口若懸河，淘淘不絕。

尤豐喜抽著菸思量。《六才子西廂記》雖然不利於在大廳式戲院放映，但戶外的野戲臺應該就沒有距離的限制，情況或許仍然有救？他腦筋轉得快，雖然是吃力不討好的片子，仍是有意要幫這個忙，不過在商言商，在片款拆帳比例上，相對地也壓低許多。

君子口頭相約，事情就這樣談定，先付訂金一成，拷貝送來後，視票房情況三七拆帳。

李仁川喜不自勝，頻頻勸酒，大家喝得意態酣然方散。

尤豐喜排妥檔期後，才將事情告知郭月鳳。

丈夫接下這樣的燙手山芋，已非頭一樁，做完月子後就又開始忙碌戲院事宜的郭月鳳暗自嘆氣，卻沒有多說什麼，只能趕緊安排，吩咐員工進行風標、看板、本事等的製作，並且談好在孔子廟廣場前的愛國戲院演出。

未料，上映前夕，情況卻來了個大逆轉。

原來帶著拷貝要來交貨的李仁川，不知怎地，竟又私下和洛東戲院的粘老闆接上線。

粘老闆是土財主的後代，祖上以經營木材生意起家，提起他，在地無人不知，無人不曉，連孩童都會拿他的長相來編唱童謠：「猴頭老鼠耳，鼻子翹上天，兩齒大暴牙暴暴暴，一支闊嘴，東邊通太平洋，西邊接大西洋。」如此誇張的形容，倒也將奇人異相刻劃得入木三分。他慣常穿著老式西裝，褲腳吊在足踝上，出門必戴黑色紳士帽，提一只黑色硬殼公事包，「紅美黑大扮。」他總是這樣說，對自己的裝扮頗為自詡。他繼承了日據時代即留下來的祖業，對於影劇資訊卻相當陌生，也不了解市況，經營方式保守，由於片源難得，平時戲院裡只好以演歌仔戲為主，前回運氣好，搶到幾部洋片，賺得眉開眼笑，卻又因火災，生意一落千丈。

突然有片商主動找上門來，而且又是頭一齣正港的臺語片，他的闊嘴笑得都要裂到眉邊，坐在辦公室裡的太師椅上，習慣性地抖著腿，翹起幾可當筆插的衝天鼻說：「你這支片子水準不高嘛，偷工減料喔？別人拿來的片子都很大綑，你這支看起來……嗯，差很多，我是內行才跟你坦白說，價錢放卡軟咧，我就考慮看。」其實片子內容他連看都尚未看過，幾句話恰恰暴露出他的外行。

「就是知你內行，才會直接來找你，你若再嫌，全世界就沒好片囉，這支片子是自盤古開天以來，頭一等的大片，不是那種爛散的廈門片，說咱的正港臺語，在臺北演是人山人海……。」李仁川一與粘老闆交鋒，馬上就探知對方的斤兩，放心地大吹大擂，還故意透露尤豐喜已經在找人與他接頭。

幾句話果然說得粘老闆心更癢，他早就看尤豐喜那個外來客很刺目了。

「我坦白說，你減兩成啦！我就買斷，隨付現金給你——。」

「粘大老闆，你是做大生意的，買片不像在菜市仔買菜，一斤殺五角，擱奉送兩支蔥，咱是內行人，免東嫌西嫌，說那種外行話嘛。」

「嫌貨才是買貨人，咱說坦白啦——。」

粘老闆比出一根手指，意思是起碼再減一成。

李仁川面露難色，兩人又幾經討價還價，終於成交。

「粘大老闆，莫怪你會賺大錢，你作生意真正厲害。」

臨去前，李仁川還搖頭嘆氣，彷彿吃了多大的虧似地，粘老闆則是躊躇志滿，破例要宴請李仁川到公園口吃一頓米苔目配粉腸。李仁川連連婉謝，內心暗笑，宜蘭人傳說他：「加落一粒飯，損死三隻狗。」果真絲毫沒錯。

當時，類此一片雙賣，甚至多賣的情況，相當普遍，戲院老闆稍微不慎，就可能吃大虧，所以片商又常被諷刺為「騙商」，不是毫無道理。

左等右等，等不到《六才子西廂記》拷貝的郭月鳳，只好趕緊向經營愛國戲院的士紳們百般賠不是，另外調派金鳳歌劇團去撐檔期。看著屋裡只能作廢的幾綑本事、風標，郭月鳳忍不住抱怨幾句。

「作生意難免有損失，下次我會謹慎啦，這款片子不做也好，有人等我吃飯，我出去了。」

尤豐喜說完，拿起掛在衣架上的外套，就走出戲院辦公室。

腳踏車棚前方，開設著糖果舖子，供應戲院觀眾飲料、零食之類的需求。

糖果舖子有兩個門，一邊開向戲院建築外的廣場，一邊開向戲院內部，因此經營者可以一邊看顧腳踏車棚，一邊看電影、順便賣零嘴給觀眾。昔時承租這家戲院時，郭月鳳就作主將糖果舖的經營權讓給自己的母親郭賴春桃，又請繼父簡大目幫忙看管南方澳那邊的戲院，對於這一切的安排，尤豐喜向來視為內務，沒有任何意見。

他穿過門廊，遠遠地，瞧見兒子阿傳，就坐在糖果舖旁的活動門板邊，桌檯上擺著作業本，頭卻抬得高高的，雙眼望向戲院中的銀幕，一副目瞪口呆的模樣，連鉛筆掉在地上都不曉得。

「你按呢是在寫功課？」尤豐喜走過去，撿起鉛筆，聲音不算大，也不挺凶，卻把阿傳嚇得當場從高凳子上摔落下來。

「你捺會沒去讀冊？」尤豐喜拉起阿傳，揚起濃眉問。

「放，放學了。」阿傳顫著聲音，雖然尤豐喜極少打孩子，孩子卻都對父親又敬又畏。他說著，深吸口氣，藉著吞口水，猛將偷吃在嘴裡的一顆糖硬是嚥進喉嚨，差點哽住。

「噢！——阿嬤咧？」尤豐喜打開罐子，抓起一把炒豆，丟了幾顆進嘴裡。阿傳又猛吞口水，總算把岔住的氣順過來，才學著阿嬤罵人的話，照實回答：「伊不知在罵誰：『死老猴舊毛病擱來啊！』就跑出去，說要去藥局抓人，叫我幫伊顧店。」

尤豐喜好笑起來。岳父簡大目喜歡流連阿公店，難免會交往一、兩個比較談得來的茶店仔查某，有時候交情攀深了，岳母就會抓狂。所謂藥局，其實指的就是阿公店、查某間，在孩子或人前不好直說，就說是藥局，這已成為大家心照不宣的默契。

「讀冊卡認真咧，糖仔莫偷吃太多，會蛀齒知莫？」尤豐喜掏了幾個銅板給阿傳，又摸摸他的頭，就朝戲院外走去。

第六章

十幾年後，當阿山以「細漢阿部拉」的聲名威震鄉里時，「大漢阿部拉」尤豐喜已作古些時，關於他一生的傳奇浪漫，在極其風光的葬禮後，似乎也就隨著遺骨掩埋逐漸風化。

宛如一粒掉落在歷史門檻之外的灰塵，大漢阿部拉尤豐喜很快就在時間的洪流裡淹沒，但是他的靈魂卻從未離去，而且越老越頑固。他飄浮於喪失時間感與空間感的虛渺中，駭然凝視，發現自己身上竟破著一個又一個的大窟窿。

這把他嚇得從虛緲中跌落更深的虛緲。

不知昏瞶多久之後，他努力從虛緲中爬出來，拖著破了一個又一個大窟窿的靈魂，四處尋找失去的記憶。

有時候，他會鑽入某些書本裡記載的電影拍攝現場，努力告訴大家，什麼地方弄錯了，什麼地方該怎麼做，卻沒有任何人理睬他，那些錯誤的片段，甚且惡劣地嘲笑他。

有時候，他也會徘徊於某些片廠，指點那些工作人員該如何改進，人們卻完全無視於他的存在，拿著道具，在他身旁穿梭比劃，形色匆匆。有一次，某位武俠片演員還將劍刺入他的胸膛，他急得大叫，另一位吊鋼索的演員，卻從背後凌空飛下來，直接穿越他的靈魂，躍向布景城簷的另一端。

他也曾企圖扭轉頹勢，想聯合其他被遺忘在歷史之外的電影人靈魂，卻發現自己輕盈如風，竟連一卷膠片都舉不起來……。

然而，即使如此，他依舊意志高昂，恆久期待再有一番作為。

在尤豐喜身邊幹了大半輩子隨從的蔡猴，直到老死之前，都在等待機會替尤豐喜說話，同時讓後世了解自己所曾經歷過的一切。

可惜日後那麼多從各種角度書寫臺灣電影史的田調工作者，卻從來不曾採訪過他，空有滿肚子牢騷和史料的蔡猴，只能把記憶中的精采事蹟一樁樁說給細漢阿部拉聽。不過內容時常顛三倒四地，讓細漢阿部拉搞不清楚真假。

只有關於《薛平貴與王寶釧》那部片子的事，蔡猴講得最為斬釘截鐵。

「若不是阿部拉出面，拍臺語片？哼哼，薛平貴和王寶釧還躲在壁邊喘咧！」蔡猴每每激動地說。

根據蔡猴的回憶，當年《六才子西廂記》在臺北大觀戲院上映時的悲慘遭遇，果然在洛東戲院上映時，以更慘烈的局面哀怨收場，不敵群情抗議，原本打算大撈一票的粘老闆只得含悲飲恨，忍淚退錢了事。而尤豐喜倒也無暇幸災樂禍，因為就在同一天，他無意間得知一項訊息。

據說自從麥寮拱樂社的陳澄三和何基明在臺中醉月樓商談拍攝《薛平貴與王寶釧》的消息走漏後，各種小道消息也在暗處蜚短流長。有人持觀望態度，有人看好臺語片市場，而某些片商則害怕如此一來，將會衝擊到廈語片的利益，因此預謀打壓——特別是人稱西門町十大金剛之首的陳則良已經私下放話，要讓《薛平貴與王寶釧》拍不成。隱伏的耳語，到處流竄，是真是假，也很難追究，這向來是圈內常態。整個消息的前半部，尤豐喜是之前就曾略略耳聞，後半部則是初次聽到，整個人馬上跳起來，拍桌大吼一聲：「幹！」平日雖帶三分江湖氣卻甚少穢語幹譙的尤豐喜瞪大那對單眼皮的小眼睛，把杵在一旁的蔡猴嚇得愣怔住，莫敢言語。

整件事其實與尤豐喜一點關係也沒有，他既非《薛平貴與王寶釧》的幕後出資老闆，也根本不認識陳澄三或何基明，但這檔事，他卻是管定了，當下也沒有告知郭月鳳，就帶著蔡猴搭火車北上。

人稱西門町十大金剛之首的陳則良，是尤豐喜昔日走私跑單幫時的舊識，一九四七年，他在西門町落腳後，就以陰狠出名，善於權謀，幾年下來，勢力不斷擴張，鄰近的歌廳、舞廳、咖啡館、戲院等，所雇請的保鑣，多數是他的手下。而名片上，陳則良當時的正式頭銜，則是幾家戲院的排片經理。

那一天傍晚，蔡猴隨著尤豐喜一起來到西門町，氣勢洶洶地踏進著名的「紅玫瑰理髮廳」。

在那個一碗蚵仔麵線不過幾毛錢的年代，這家風光一時的理髮廳收費就要七、八元，生意卻仍應接不暇，三不五時地，就會有黑頭仔轎車「叭」地停在店門口，通常是穿著筆挺制服的副官先下車，恭敬地打開後車門，走出來的不是將軍、司令，就是達官顯要，套句蔡猴的話說：「像白崇禧、高玉樹、周至柔都是常客，連老蔣的幾個公子，哪個頭大，哪個頭小，早就都被小黑師傅摸得透透——。」陳則良也是常客，當時他正半躺在理髮廳舒適的座椅上，身體罩在潔白的大圍兜裡，臉龐敷著熱氣氤氳的白毛巾，活似等待入殮。

不過他黑道顯然也不是混假的，尤豐喜才剛在近旁的椅子坐下，他就警覺地扯下毛巾，冷冷地說：「兄弟，你顯然來早了！」「我找人談事情，還分什麼早晚？」國語已經講得相當溜的尤豐喜，不由分說地就一拳搥在陳則良肩上，蔡猴驚得差點漏尿。「嘿！你他媽的還是一樣欠揍！」陳則良也回敬一拳，勾向尤豐喜的小腹。「哼，聽說你不爽有人要拍臺語片？」尤豐喜用手肘撞向陳則良，「干你屁事？」陳則良歪身子閃過，一把扯掉可笑的大圍兜，從椅子上跳起來嚷嚷：「我他媽的髮不理了，先跟你決生死！」

氣氛頓時緊張，原以為將有一場鬥毆，陳則良隨身的幾個手下原是等在外頭，此刻已經圍過來，理髮師傅嚇得躲到一旁。

誰知兩個大男人竟突然哈哈大笑，叼著菸，吊兒郎當地，勾肩搭背走出理髮廳。蔡猴和陳則良的幾個手下，你看我，我瞧你，有點不知所措，見人走遠，趕緊隨後跟上。

「喂！你們，請這個——呃，蔡仔？是嗎？」陳則良突然回頭問，蔡猴連忙點頭，陳則良笑一笑，交代手下：「請他去碧麗宮聽歌，不要怠慢了！」

不由分說地，蔡猴就被簇擁而去，在當時相當出名的碧麗宮吃西餐、看表演，所以對陳則良與尤豐喜究竟密談了些什麼，無從得悉，當他又被送回陳則良位於峨嵋街的辦公室時，只見他們抽了滿缸菸蒂，桌上一罈私釀的二鍋頭早已喝盡，陳則良又招呼小弟開來一瓶洋酒。

「不殺個你死我活，你他媽的永遠不知道誰才是老大！」酒喝多，氣色就泛青的陳則良說。

「不後悔？」尤豐喜則是酒意越深，臉越潮紅，連雙眼都布著血絲。

「後悔的是王八！」

「一樣三把？」

「嘿，怕啦？就乖乖認輸，你那十幾家戲院趁早來和我組院線……」

他們的對話，讓人聽得霧煞煞，不過答案馬上分曉，陳則良叫小弟找來大海碗和一副骰子，當下就吆三喝六地擲起來。

如果尤豐喜的運氣差一點，那麼他在花東宜蘭一帶的轄下戲院，從此就要對陳則良安排的片子照單全收，而且日後臺灣電影史中關於臺語片發展的那一章，很可能就要改寫了。

那個不為後世記載的歷史性時刻，蔡猴看得心驚膽跳，兩個大男人卻玩笑著，以三把骰子定江山。

日後，蔡猴總是說，那一局真是賭對了。

雖然廈語片曾讓許多人賺足荷包，卻已是強弩之末，那些陳舊的題材、粗製濫造的內容與品質，漸漸讓觀眾感到乏味。

票房永遠是戲院動向的首要指標。

細漢阿部拉雖然不知真切的票房紀錄如何，卻依稀記得，幼時所看的許多廈語片，的確常常演得荒腔走板，讓人想笑卻笑不出來，像是著名的《山伯英臺》，主角江帆拜墓時，頭往墓碑一撞，整個布景竟然搖搖欲墜，而許多戰爭場面，說是十萬大軍殺來，銀幕上卻只見十幾個人跑場，這邊跑過去，那邊跑過來，一遍遍地跑了幾十秒，難怪很多觀眾看了後撇著嘴罵：「爛戲拖棚！」加上廈語和閩南語的語言習慣和腔調均有不同，也常有觀眾抱怨：「看也艱苦，聽也艱苦！」

所以當號稱正宗臺語片的《薛平貴與王寶釧》順利殺青上映時，真是盛況空前，觀眾為了看電影，擠破戲院大門，而影片輪映到了鄉鎮地區，同樣大受歡迎。

●

為了慶祝《薛平貴與王寶釧》來到羅東映演，而特別擴大舉辦宣傳活動的那個午后，遊行隊伍來到了孔廟附近，卻遭不明襲擊，導致整個活動提前結束。

究竟是因為尤豐喜鋒芒太露而遭忌？同業眼紅故意破壞？亦或另有什麼陰謀？眾說紛云，卻莫衷一是，但無論是何因由，那顆凌空飛來的石塊，除了將倒楣的宣傳車司機頭部砸傷送醫，同時砸破了地方戲院表面的平靜，臺灣電影發展史上的戰國時代，也在鄉鎮之間迸開了火花。

臺語片的全盛時期一開始，聲勢就銳不可擋，即使政府當局採取漠視、鄙視，乃至壓制，都無法抑扼節節攀升的票房。

臺語片連連狂滿，甚至驚動了最高當局。

唉！不過是娛樂罷了，但是憂民憂國的最高當局眾將官，卻寢食難安，也不知是害怕二二八事變的陰影再度籠罩於臺灣領空？亦或研究分析後發現臺語果然有毒，聽多說多了，會禍國殃民，為免全民中毒身亡，最高當局馬上發揮大中原情操，緊急下令國營片廠耗費鉅資拍攝一部以臺灣人來自唐山為主題的電影《黃帝子孫》，期望喚醒民智，讓傻呼呼的臺灣人了解國難當前，共體時艱，並且頒布法令，大方獎勵民間拍攝國語片。

即使聽說國營片廠每拍一部片子，常得賠掉一家從日本政府接收來的轄下戲院，但換個角度來看，政府當局的用心良苦，總算對臺灣電影工業的日後發展產生相當重大的影響，至於評價若何？就待歷史鑑定了。

至於愛上臺語片的臺灣人，對於政府美意究竟領略多少？由於當年民意調查並不流行，因此也難以評估。

不過，那時節，民間倒是出現了一種奇特的生活文化，每有新的臺語片上映，鄉下人常常是全家出動，趁著到城裡探望親戚，飽食一頓後，大家就相邀到戲院看電影，戲院頓時變成家族聚會的歡樂場所。

「真讚咧，原來皇帝也會說臺語喔！」

那些看不懂洋片、國片的阿公阿嬤們，看完臺語電影後，個個笑得眉彎彎、嘴咧咧，對於中國皇帝原來也會說臺語，很覺與有榮焉。沒有日片可看後，總算他們又能成群結隊，開開心心地享受看電影的樂趣。

有觀眾，就有賺頭，利之所趨，一時間，風雲湧動，到處都有人在積極籌拍臺語片，即使民間拍攝條件極差，既缺乏設備，專業人才也不足，多是向公營片廠租借機器、攝影棚，連帶地，公營片廠裡的技師也熾手可熱，哪怕只是初學的三腳貓，也常同時接下好幾部片子，忙得分身乏術。

而臺語片多產，出名的演員就常軋期演戲，往往這邊還在拍時，那邊已經在等，演員只好趕場，有時演了半天，卻還弄不清楚自己是在哪一部戲中該扮演哪一個角色，鬧出許多笑話；而為了搶時間，剪接師也常常幾部戲一起剪，有時構想好某一段劇的剪接手法，去找片子時，卻找不到想要的畫面，原來幾部戲混在一起，演員又都是那幾個，所以全搞亂了。

拍片多，題材需要殷急，許多地方戲曲、民間傳奇、乃至喧騰一時的社會案件，都被改編成電影，《范蠡與西施》、《林投姐》、《雨夜花》、《瘋女十八年》、《海邊風》、《阿蘭》、《嘉慶君遊臺灣》、《沒你我會死》、《孤女的願望》、《高雄發的尾班車》、《萬華白骨事件》、《基隆七號房慘案》、《王哥柳哥遊臺灣》……從奇情悲劇到荒誕不稽，真是百家爭鳴。

日後改組為中國時報的徵信新聞社，敏感到一個新時代的來臨，還特別舉辦了金馬獎、銀星獎，延請各界專家評審，獎單揭曉，《萬華白骨事件》的康明榮獲最佳男主角、《三美爭郎》的柯玉霞榮任最佳女主角，《基隆七號房慘案》的洪明麗是最佳女配角……雖然事後，很多電影界人士不服，聯合發表聲明，質疑得獎名單的公平性，使臺灣首屆金馬獎蒙上陰影，但此一舉措，在臺灣電影發展史仍是相當重要的里程碑。

突然之間，許多人都搖身一變，成為威風凜凜的大導演。可以這麼說，日後在臺灣電影史上舉足輕重的諸多導演，幾乎都是由此起家，在拍攝臺語片的過程中，邊拍邊學，奠基了導演的功力。

但有些人卻是根本完全沒有執導經驗，憑著三寸不爛之舌，向親朋好友籌了幾萬元，也當起導演，片子開拍時連劇本也無，想到哪裡拍到哪裡，片子尚未拍好，就急著到處賣版權；也有人片子拍不到三分之一，錢就花完了，只好想盡辦法將版權賣給鄉鎮戲院，取得錢才能將片子繼續拍下去。

一片二賣、三賣、四賣……的問題，鬧得糾紛四起，但為了搶片源，戲院老闆還是常常冒險投資，當了冤大頭，憤而循黑道勢力討債，搞得電影業界一片烏煙瘴氣。

當時離死去尚有數年可活的尤豐喜，未能遠離這波風潮。

不過他倒是還算正派經營，自己並不執導，只是投資製片。

其實他與電影拍攝結緣甚早，一九四九年，號稱首部來臺拍攝的中國電影《阿里山風雲》外景隊在花蓮拍攝時，就曾以他的戲院為駐點，豪邁的他，供餐供水供住，也和在片中演出壞縣官而後在香港成名的魏平澳結下一段交情。

尤豐喜拍片，最初是花錢請有名的大導演羅忠輝，以金鳳社歌舞團的演員當班底，利用歌仔戲十天一檔的空閒時期拍片，可是擅長舞臺演出的歌仔戲班畢竟不是真正的演員，沒有面對鏡頭的經驗，往往導演喊一聲開麥拉，場記板子一打，演員臺詞也忘了大半，愣在鏡頭前，支吾半天演不下去。

大導演脾氣也大，登時摔本，破口大罵，臉嫩的演員當眾淚灑片場，脾氣強的演員就當場和導演對罵起來。

尤其歌仔坤年紀一大把了，哪裡受得了這種氣？大聲幹譙，頭套一摔，就衝出片場，不演了！

沒多久，歌仔坤就舊疾復發，加上糖尿病併發腎衰竭，竟一病不起，大家都說是被羅忠輝給活活氣死的。

這個導演不行，那麼就換個人導，新請來的導演是個外省人，說國語，演員們是十句聽懂三句半，大家只能比手劃腳，勉強溝通，才學會幾句臺語的導演，對於演員們的話，慣常是半猜半懂，偏偏有一次，小金鳳不知想到什麼，戲拍到一半，偷偷問身旁的人：「今嘛是禮拜幾？」這個大導演特別耳尖，反應也超常靈敏，聽成了「今嘛是在拜鬼?!」登時臉色大變！那是動員戡亂時期，白色恐怖陰影沉沉，人人避談政治，更不敢有任何親共的言語。那部正在拍攝的時裝片，是以反共為主題，內容述及英勇國軍將領保衛臺灣，受到臺灣人民歡呼擁戴，朝拜如神，小金鳳好大的狗膽，竟敢說「今嘛是在拜鬼?!」到了晚上，小金鳳就被某某不知名的人士約談了。

整件事荒謬至極，幸虧尤豐喜人脈亨通，再三解釋，化除誤解，但小金鳳嚇得再不願意拍電影了。

大導演脾氣太大，外省導演會出狀況，找個沒啥知名度，卻肯做肯學的本省小伙子總行了吧？誰知道這個毛遂自薦的小伙子，講得天花亂墜，真正執導演筒時，會喊開麥拉，卻不知何時該喊卡，一部片子拍下來，膠卷超過預算用度，卻是前後劇情場景，完全合不攏，只好全片作廢。

當時已在戲院當跑片小弟的阿山，雖已經開始自稱「細漢阿部拉」，卻沒幾個人鳥他，仍是滿嘴「臭屁山仔」、「死阿山」、「潑猴山仔」地胡喊，他一逮著機會，就跟在尤豐喜身後兜兜轉。通常，小輩們對於天生流露著威嚴氣勢的尤豐喜，總是帶著三分敬畏，即使是親信蔡猴、兒女阿傳、阿妹姑等人，見了尤豐喜，也是恭恭敬敬地，言行不敢隨便，偏偏他卻沒大沒小地，要和老闆稱兄道弟，總是叫尤豐喜「換帖的頭家」、或「大漢阿部拉」，自稱「細漢阿部拉」，蔡猴第一個就看不慣，但是尤豐喜卻似乎對這個長手長腳的少年仔有一份特殊好感，有時還會帶著他到拍片現場玩。

有一回，細漢阿部拉隨著大漢阿部拉尤豐喜到臺中，參觀日後與臺影合為中影的農教片廠，沒想到片廠因用電量超過負荷，竟然引發大火。

片廠裡，到處是易燃性物品，火勢延燒快速。

尤豐喜投資拍攝的《十年風水輪流轉》之前才搭起兩層樓高的景，付之一炬，滾著黑煙的火龍在模擬市井的庭臺樓閣、官府衙門間狂野亂竄，場內所有的工作人員和演員們尖叫逃命，混亂中，阿山卻像中邪似地，定在原處，雙眼直愣愣地瞧著前方。

那只是三、四秒的瞬間，感覺卻像一個世紀那麼長。雄雄烈焰，妖嬈，美麗而恐怖，更恐怖的是，火的紋路蛇魅狂舞，竟是清清楚楚的人形——那人形，阿山認得。

早在一九五七年十一月，羅東響應國家政策，開始取締乞丐，民眾每成功檢舉一名乞丐，還可以獲得新臺幣三十元獎金。不曉得是地方混混興哥唆使的，還是囝仔屁阿山的歪點子，他們竟私下套好，找了一些孩童假扮小乞丐，由興哥去檢舉，得到的獎金大家平分，阿山也是假扮小乞丐的一員。當阿山領著一干小乞丐坐在羅東街頭唱哭調討錢，被警察逮個正著時，有一個不知何時從何處冒出來的老乞丐也同時被逮，那個老乞丐身上披披掛掛地，穿著不知是從哪兒偷來或撿來的破爛戲服，戲服底下，露出一截花條紋的小丑褲子，黏污的亂髮從爛巴巴的帽冠下垂到脖際，舉止瘋顛，也不知是得了痲瘋病？還是什麼怪病？滿臉皮肉下垂，一條條皺紋刀疤似地將粗糙的皮膚切得疙疙瘩瘩，形貌極為駭人，突然，他朝著阿山咧開沒有唇形的大嘴，彷彿在笑，骨節粗大的左手擰著個生鏽的鐃鈸，右手卻胡亂比劃，像在寫字一般，從來不知恐懼為何物的阿山那回著實被嚇到了，被阿鳥領回家後，渾渾噩噩病了一場。此時，火焰中的人形正是那形貌怪異的老乞丐，他猶似當年一般咧嘴而笑，紅豔的火舌從黑洞洞的大嘴裡，朝著細漢阿部拉撲來，這回，他掌中的鐃鈸不見了，換上一面三角形的順風旗，右手仍是胡亂比劃，恍惚間，細漢阿部拉阿山似乎得到什麼啟示？卻又抓不住飄忽的思維。

「阿山你瘋啦！」尤豐喜暴喝，火勢危急，逃命要緊，但身材壯碩的他，使盡力氣，竟拖不動身高才到他耳際的年少阿山。

不過這聲暴喝，倒是將阿山震回了現實，發現自己身陷火窟，但是要逃已經來不及了，嘩嘩傾倒的布景從空中掉落下來，直接壓向尤豐喜，細漢阿部拉不知哪來的力氣與勇氣，竟然挺身去擋。

所有的一切，大概只能感謝運氣吧？當兩個阿部拉被救火隊員抬出來後，竟然都只有皮肉傷。不過由於護主有功，在尤豐喜的眾子弟兵中年紀最輕的他，地位突然水漲船高。

「叫我細漢阿部拉就好啦！」以往阿山這麼自我介紹時，別人只當笑話，現在，大家似乎漸漸同意改口了。

●

在細漢阿部拉逐漸闖出聲名的數年間，臺語片的發展幾度大起大落。

觀眾的心理諱莫如深。這部電影紅了，那部電影垮了，人生如戲，戲如賭局，一翻兩瞪眼，輸贏之間，靠的是賭技，以及不可或缺的運氣。而氣數生滅，玄之又玄，得以被記錄、歸納、探討的，往往是支離破碎的後見之明。

猶如誰能斷言明日的生死？除非死後才能蓋棺，論定。

一九七五年，國家電影資料紀錄中，僅有的一部臺語片《愛的滋味》上映後，愛了電影一生、玩了電影一生的尤豐喜，顯然也玩完了他的氣數。

之後的幾年內，臺語片欲振乏力，而他雖然力圖振作，招兵買馬，培養新人，意欲轉型投資拍攝國語片，並且計畫將以大成本製作，拍攝一部震驚影壇的超級大戲，他與細漢阿部拉一再研商，內容劇情幾乎談妥了七、八分，只剩片名尚未敲定，片子卻終究沒能等得及在他生前開拍。

就在因扁平足不用當兵的細漢阿部拉收到徵召令，到金六結營區接受七天的國民兵訓練時，出國參觀影展並轉赴澳洲旅遊的尤豐喜，竟突然爆發急性肝炎，差點客死異鄉。

被護送回國的尤豐喜已是病容枯槁，檢查報告載明是肝癌末期。

郭月鳳恍似跌落一場醒不過來的惡夢。

出國前還談笑風生、豪邁健壯的丈夫，一夕間竟變了個樣，雙頰凹陷下去，眼睛蠟黃，原本的方頭大耳，因聳起的顴骨而誇張突梯。

在醫院裡，為了抽取腹水，當醫生將長二十公分左右、粗如布袋針的針管刺入尤豐喜鼓脹的腹部時，郭月鳳嚇得當場暈軟過去，然而她發著抖撐起身來，當腹水抽完，她已不見脆弱的模樣，靜靜張羅一切，還輕聲軟語地，側身於床畔，微笑問丈夫：「來啦，菸酒不行，我陪你撿紅點好否？」尤豐喜虛弱地笑一笑，骨瘦嶙峋的大掌接過撲克牌，洗牌的手法依舊熟練。

然而未在人前落淚的郭月鳳，在特等病房浴間協助丈夫洗澡時，眼淚卻當場簌簌落下。她無法相信，眼前難民一般的男子會是丈夫？他整個人又瘦又黑又乾，幾乎只剩一層皮，身上每根骨頭都看得清清楚楚，前日才抽取腹水的肚子又已鼓脹如球，因為化療反應，原本豐厚的髮大把掉落，如初生嬰兒般稀稀疏疏地，而且東一小撮、西一小撮，比癩痢頭還糟糕。

立於丈夫背後假裝為他擦洗背部的郭月鳳緊咬著唇，不敢停手拭淚，「等你好點，我再幫你理髮……」的話哽在喉際，抹肥皂時，感覺到他的身體微微顫抖著，郭月鳳才知道，原來丈夫也在落淚，只是強忍著不敢在她面前哭出來。

雖然從來不曾面對面提過什麼，但他們竟是深悉彼此的感受，也知道時間大概差不多了。當時醫院尚無安寧病房，形銷骨瘦的尤豐喜要求回家，郭月鳳點點頭。

這期間，「那邊的家人」也曾來探望數回，倒未要求得將尤豐喜送回花蓮，讓郭月鳳鬆了口氣。

戲院事業千頭萬緒，郭月鳳一邊照顧丈夫，一邊還得提振精神、運籌帷幄，原就嬌小的身量，更是瘦了一圈。

回到家中的尤豐喜，情況好好壞壞，時而高燒不退，又送過幾次急診。

年齡越長，面容越顯堅毅的郭月鳳，卻實在鼓不起勇氣問他，有沒有事情要交代？或有沒有未了的心願？偶爾發現他精神、心情似乎都不錯時，才假裝閒聊，試著旁敲側擊：「我小時候最希望每天都可以穿漂亮衣服，或是站在講臺上當老師，那你呢？有沒有小時候想玩想做，卻還沒玩還沒做的事？」、「我到現在都沒去過鵝鑾鼻，你呢？有沒有想去走走的地方？」……然而尤豐喜都只是笑一笑，沒有回答，只在病況越來越糟時，嘎聲對她說：「妳要勇敢一點，知否？」

尤豐喜臨終的前幾天，「那邊的頭家娘」劉雲卿再次來到羅東。

依舊是眉目溫良，相貌忠厚，只是更年期後更胖了許多，她一進門就是淚水漣漣，在兩名尤姓子女的扶持下，爬上二樓。

「奈——按呢？奈——按呢——啦……一個好——好的人，奈——會說，倒就倒……」她邊哭邊喘，才踏進房間，見到尤豐喜，就忍不住嚎啕起來，整個人癱軟了，兩名也是淚水奔流的子女幾乎扶持不住。

尤豐喜長長地嘆了口氣，勉強睜開眼睛，虛弱地揮了揮手。

「戲院有些事得去處理，我很快就回來。」郭月鳳重重握了一下尤豐喜的手說，就拿起梳妝臺上的皮包。

哭得幾度昏厥的劉雲卿，環視此生首度踏進來的這間房，心痛如絞，拱手讓出丈夫大半生，那個女人竟是沒有半滴淚，冷冷地拋句話就要出門？

「妳是沒血沒目屎?!人給妳照顧成這樣，妳還有心抹粉點胭脂，妝水水出門去做妖精？」老淚縱橫的劉雲卿，突然暴發了，咬牙切齒地罵出來。

已經走到房間門口的郭月鳳震了一下，臉色刷白，緊咬著發抖的唇，深深吸氣，終究沒有回嘴，也沒有回頭，挺直腰桿走了出去！

●

尤豐喜的喪禮備極哀榮。

郭月鳳幾乎是傾其所能地，將一切辦得風風光光，政要名流、業界商賈、電影圈人、乃至南北二路的幫派好漢，群集而至。龐大的訃聞名單，是郭月鳳日前陪著蔡猴等人徹夜討論才詳列出來寄發的。

另有許多人是聞訊自動趕來的，包括一些老藝人——昔日他們從大陸逃難到臺灣時，無戲可演，沒有收入，流落於街頭擺地攤，曾受到尤豐喜的資助；此外，曾經在北投當酒女而今已是半老徐娘的麗娜，以及曾得過尤豐喜好處的鶯鶯燕燕，竟也都陸續出現來拈香弔唁。

送葬的行列迤邐數條街，派出所出動十數名員警維持交通，才能讓各式花車陣頭順利前行。斜雨紛飛，哀樂淒楚悠長，隨著隊伍的行進，一路纏綿傳響。

掙脫了衰軀敗殼後，尤豐喜的魂魄飄飄緲緲地浮升於棺木之上。

一生喜歡熱鬧、愛交朋友的他，細數著一部部花車、一隊隊陣頭、和一個個隨車送葬的人頭，對於自己的葬禮似乎還算滿意，尤其三團弄鐃團鬥鐃的場面，排出十八羅漢步、騎獨輪過火圈等特技，更讓他看得露出笑容。

「喂，妳怎麼頭髮白了一半？還穿黑衣服？難看啊！」

尤豐喜的魂魄飄到了戴著墨鏡的郭月鳳身邊，伸手想要勾起她的下巴，未料手指卻從她美好的鼻梁上穿過去，嚇得他趕緊抽回手。

悲痛逾恆的郭月鳳，完全無覺於尤豐喜就在身邊。

反倒是跟在送葬隊最後的阿鳥，看得仔細明白。

沿途，不管送葬團奏的什麼哀樂，一路虔心唸著獨創佛號的她，絲毫沒有驚訝之色，彷彿看見靈魂是再平常不過的事。中年之後，她模樣就像個普通歐巴桑，胖胖壯壯，笑起來，豐潤的臉顯得更圓。

才意識到被注視，尤豐喜的魂魄瞬間就到了阿鳥身邊。在她四周的虛空中，冉冉飄浮著一大團蓮霧芋圓豆腐。

「妳看得見我？」尤豐喜挑了一方柔軟潔白的豆腐渣坐上去，疑惑地問。

阿鳥仰首望著他微笑，點點頭，什麼話也沒說。

「啥？有這款事？」

尤豐喜卻突然跳起來嚷嚷，轉頭望向抬棺者之一的細漢阿部拉。

「妳妳妳……是說真的？」

阿鳥仍是點頭，黑亮的眸子水光漾漾。

尤豐喜震顫，踉蹌了一下，踩到滑不溜丟的芋圓，就倒栽蔥似地摔翻下來。

正是那頃刻，尤豐喜發現自己的靈魂，破著一個又一個大窟窿。

他懊喪了許久，在錯亂的時空中穿梭，時而進出過去與未來，探查屬於他的每一個現在。

雖然他在人間世界的「現在」，早已經無可挽回地靜止於死亡證明上的紀錄，然而不死的生命，卻仍依附著人間世界的記憶與談論，隨傳隨到，猶如活著一般，存在。

遺憾的是，他再也無法插手，搞了大半輩子電影給別人看，於今卻只能看電影般地，旁觀著人間世界的演出。

他時而訝然瞠視未來的發展，而更多的時候，則是戀戀不捨於往日時光。

第七章

昔日，因著尤豐喜投資拍片的關係，臺語片熱鬧登場之初，細漢阿部拉和阿隆有時也會跟著拍攝隊伍一起出外景，阿隆當攝影助理，細漢阿部拉只是打打雜，管管道具，但長手長腳的他，力氣不輸大人，需要幾個人一起扛的機器，他蠻起勁來，獨自就能頂得住。

不過，臺語片的最初風光，只維持三、四年，就走下坡了，搶拍、濫拍的結果，影片品質低劣，觀眾失去興趣，影片排不上檔期，許多片商賠得叫苦連天，倒閉的倒閉，跑路的跑路，電影界一片唉聲嘆氣。

曾因電影賺了許多錢的尤豐喜，也因電影賠了許多錢，不過，轄下戲院轉映洋片、國語片，倒還是能維持局面。

老闆不投資拍電影了，阿隆幹回老本行，他已是經驗豐富的放映師傅，而細漢阿部拉則只能繼續幹著跑片的職務，有時也替年歲漸長的通鼓仔代班。

此其時，海峽兩岸維持著某種敵對而戰火平息的微妙關係，偏安東隅的臺灣，一邊嚷著反共，一邊積極發展經濟，社會狀況已較五〇年代進步許多。細漢阿部拉出巡大街小巷為電影宣傳時，是駕駛著掛滿海報看板的機動三輪車，放送聲音的喇叭變成麥克風，他意興風發地握著方向盤，彷彿開的是稀罕的私人轎車般，十分神氣。

只讀到小學肄業就不肯再進學校的他，漫畫、小說倒看得比誰都多，閒時無聊，若不泡在戲院裡，就是趿著夾腳拖鞋隨處晃，在公園裡，看日益凋零的老人家們「練歌仔」，見到一些羅漢腳在涼亭裡聚賭，有錢時也會湊過去參一腳，通常是十賭九贏，卻偏偏輸在最後那一把，口袋空空，他也無所謂，照樣心情愉快地東晃西晃，而最後若是贏了錢，他就全數拿去買糖果，仍是外婆陳吳惜粉一份，老母阿鳥一份，最大的一份留給自己與朋友。

不過阿妹姑與阿傳都到臺北就學，能夠與他一起分享甜蜜的，只剩下阿蘭與阿隆。當然還是他吃得最快、最多。「妳吃不下喔？」他每每還眼饞地望向已經分給阿蘭的那一份。「我怕牙痛啦！」阿蘭秀麗的臉上，依舊是文文地笑著，把糖果推還給他。「啊我就不客氣囉？」他咧嘴笑得像中獎，沒兩下就把糖果全嚼進肚子裡，卻仍嫌餓乏，阿蘭忍著笑站起來，走到廚房裡，有時是煮個麵，有時隨便翻出些食物，無論給了什麼，他全都吃得津津有味，吃完咬著牙籤，摸摸鼓漲的肚皮，總算滿足了。

但三不五時地，遇到不爽的事，他常會和人打架。

「幹！好膽釘孤支啦！」他橫著臉幹譙的口氣十分囂張。

街頭混混們卻沒那麼傻，拚膽漢單挑的少，群起圍勦的陣仗多，大拳小拳、飛腿橫踢，結果常是大家都掛彩，雖然嚴格算來，他不曾撩下去混黑道，但有些時候，某種男孩子之間才能理解的感情，卻在拳打腳踢之間建立起來，所以地方道上，與他稱兄呼弟的傢伙似乎也不少。

每每看到他身上大傷沒有，卻總是小傷不斷，阿蘭的笑容就不見了。

「你什麼時候才肯學好？」阿蘭拿出常備的藥箱，嘴裡忍不住碎碎唸：「傷口那麼深，血流那麼多，眼睛也腫了，我的藥都給你用光了。」

「擦啥藥啦？嘴瀾抹抹就好了。」他卻是吊兒郎當地不當一回事。

但阿蘭若真生氣不幫他擦藥了，他又會死皮賴臉地跟前跟後，呼叫哎痛，直到阿蘭不忍心又為他敷藥才甘願。

●

端午節時，南門圳舉辦龍舟賽，位於羅東腳附近的特種行業也組隊參加，雖然預備賽練習時，那些娘子軍就都是敬陪末座，遠遠落在後頭，卻仍是最受矚目的一群，她們拿出平日魅惑男人的本事，嬌聲吆喝著，在龍舟上展現腰力臂力，時而還要騰出划槳的玉手來，向岸邊看熱鬧的男人們頻送飛吻，男人們樂不可支，連聲喝采。

那日，原該到尤家戲院的細漢阿部拉一早出門，經過南門圳，遇到這麼有趣的場面，夾腳拖鞋就像被膠黏住，走不開了。

「押哪一隊？快哦……」剛領了端午節獎金的細漢阿部拉當場做起莊來，依龍舟賽結果論輸贏，還分出娘子軍隊為特別號。

再過一個小時，比賽就要正式開始，「君再來」隊的旗手卻突然鬧肚疼，上不了場。

生性好玩的細漢阿部拉乾脆就跳出來代為出征，興沖沖地換上繡有隊號的背心。

「你竟然還在這裡？」阿隆遠遠地跑來，氣急敗壞地嚷。

「嘿?!你專程跑來看我贏哦？要不要也插個花，賭一局嘛——」細漢阿部拉叼著牙籤，咧嘴笑說。

「大家就，就等，等你一個。」阿隆急躁地指著前方。

看見阿蘭和在臺北唸書放假回家的阿傳、阿妹姑，細漢阿部拉這才想起來，他們原本約在戲院等，要一起到礁溪玩。

他連忙脫掉背心，塞還給「君再來」隊，退還大家押注的賭金，加入他們，朝火車站的方向走。

「失禮啦，又不是故意的。」細漢阿部拉連連陪罪，笑得好諂媚。

阿蘭別開臉，不理他，走到阿傳和阿妹姑身邊。

身著白襯衫、卡其褲的阿傳，也長高了，身量略胖，童年時仙童般的容顏，換成了白面書生的模樣。一身碎花洋裝的阿妹姑，已經是個時麾的小姐，體態如她母親一般窈窕婀娜，寬闊的臉龐，笑起來，眼睛就瞇成一縫。

「不是我愛講你，阿蘭一早就起來做飯糰和點心，還幫我們每個人都帶了早餐，你卻睹得不見人影，難怪阿蘭會生氣。」阿傳正經八百地數落著。

「對喔，我還沒吃早餐，難怪餓得大腸告小腸——」

細漢阿部拉伸手要去翻野餐盒，阿蘭卻打他的手，將野餐盒搶走。

「哇——惹熊惹虎不通惹得恰查某！」細漢阿部拉誇張地嚷，涎著臉把希望轉向阿妹姑，閩南腔國語怪聲怪調地：「那不然妳的份給我吃？」

「好啊，等我拉完屎，你就有得吃！」一口標準國語的阿妹姑也是耍嘴皮的高手，故意將「妳的份」曲解為「妳的糞」。

「臭死人！一支嘴利得像剪刀，拿來剪紙剛剛好——」

細漢阿部拉話沒說完，阿妹姑就反應極快地頂回嘴：

「哪比得上總裁呀？」

剪刀對總裁?!虧她想得出來！

極少在言語上吃癟的細漢阿部拉瞪大眼睛，表情呆得滑稽。

肚疼。

阿蘭噗哧笑出來。

「哈！惡馬惡人騎，胭脂馬遇上關老爺。」向來沉默的阿隆也忍不住笑出來。

「你實在是目睭皮無漿涪，敢惹阿妹姑？哈哈哈……」阿傳更是幸災樂禍，搥著牆壁，笑到肚疼。

「哼，查某人放尿漩昧上壁！」細漢阿部拉不服氣地小聲說。

「講輸人，就說那種下流話！」耳尖的阿妹姑卻聽得分明，她最氣這類鄙視女人的話，反唇相識：「你反正是狗改不了吃屎，沒水準兼沒知識——」

「誰說我沒知識，我國語講得比妳好咧，」細漢阿部拉又恢復吊兒郎當的神態，故意學著外省腔調說：「打開中國的渾多西（奮鬥史，日語諧音卻是以布圍成的丁字褲），就會看見毛澤東的陰毛（陰謀）——，我這樣說，不知合妳意嗎？」

輪到阿妹姑瞪大細小的眼睛了。

「死阿山！」阿妹姑氣得追著他打。

「救命喔！謀殺親夫——，」細漢阿部拉且躲且逃，嘴裡還要佔便宜：「打死我，世界上少一個男人，妳就少一個結婚對象，救命喔——」

其他人都笑得捧腹蹲在地上。

一路打打鬧鬧地，行經孔廟附近時，卻見前方人聲喧嘩，似有事情發生，大夥兒連忙加緊腳步過去看個究竟。

●

「這是咱的聖地，絕對不能讓他們拆掉蓋戲院！」

「對啦！對啦！不能讓外地來的侵門踏戶，破壞咱的風水！」

不知哪裡來的混混，和一些所謂的鄉親——仔細瞧，竟無一個是當地人，在孔廟前吵吵鬧鬧。

當初尤豐喜接手經營不善的愛國露天戲院時，也曾有人糾眾來鬧過一次。此番，神明會文宗社的委員們，認為附近特種營業越來越多，風氣日差，決定將孔廟遷移他處，日前將土地公開招標，原本，有不少人私下探聽行情，卻又對投資與否，猶豫不決，郭月鳳以最高價得標後，當晚卻有數通電話打來，提出希望原價頂讓的要求，郭月鳳不予理會，未料，沒多久就傳出鄉親們反對的說法，郭月鳳明查暗訪，發現根本是無稽之談。

現下卻又有人來鬧。

「幹你娘咧！找死，敢來你爸的地盤亂？」

細漢阿部拉衝過去，就是一陣幹譙！

「我才幹你娘雞巴！」

那些混混也是血氣方剛，當場就拳頭相向，從小打架出名的細漢阿部拉哪裡肯讓？出拳極重，和對方扭打成一團。

敵眾我寡，阿傳和阿隆見情勢不對，也衝過去加入混戰。

阿蘭和阿妹姑在旁邊急得不知如何是好。

幸虧早已有人報案，警察很快就趕到。

混混們和所謂的鄉親忙作鳥獸散，只有其中幾個傷痕累累的被當場逮捕。

細漢阿部拉的情況還好，只有幾處瘀血和左眼烏青，不善打架的阿隆與阿傳可就淒慘落魄了，被揍得倒在地上哎哎叫，所幸混混們只為鬧事而來，並未攜槍帶刀，否則後果不堪設想。

結果礁溪是去不成了。

在醫院裡，細漢阿部拉連藥都懶得擦，反倒連連喊餓，嘻皮笑臉地央求阿蘭給他一粒飯糰吃。

「天啊，怎麼有你這種人？」阿蘭又好氣又好笑。

「還吃？飯糰都散開沾了灰塵，髒死啦！」阿妹姑瞪眼，搶回他手上的飯糰。

「衛生課長！誰說不能吃？」他翻個白眼，故意用怪聲怪調的國語說：「大地滋有生，妳沒聽過啊？沒學問！」

「什麼大地滋有生？是大地藏無盡，萬物滋有生，你才沒常識！」

兩個人又鬥起嘴來。

阿蘭搖頭嘆氣。

阿傳與阿隆傷勢頗重，須留院觀察，阿傳還因右肘骨折，得上石膏。

趕來醫院的郭月鳳，皺著眉頭，說了少有的重話。

「作生意不是靠拳頭，你這樣不分青紅皂白地，只會把事情弄得更難收拾……」

見母親生氣，阿妹姑悄悄溜到一旁。

細漢阿部拉被罵得頭低低，心裡卻嘀嘀咕咕地：這個換帖的不行，越老越嘮叨……

「……你常常這樣惹事生非，個性若不改，早晚被打死在路邊……」郭月鳳見他一直毫無反應，就頓了頓，問：「你到底有沒有聽懂我的話？」

「知啦，知啦！我會改，一定改。」

細漢阿部拉受不了繼續被碎碎唸，逮著個機會，就逃也似地離開醫院。

阿蘭望著他漸去漸遠的背影，秀氣的臉龐蒙上憂愁的陰影。

由於沒有確切的證據，足以證明是誰在私下搞鬼，被拘役的混混們以一般的打架滋事結案，很快就放走了。

不過私底下，傳言是洛東戲院的粘老闆唆使地痞流氓興哥在興風作浪，希望激起鄉民反對孔廟拆遷。

尤豐喜頗為震怒，但郭月鳳卻反對擴大事端。

「什麼叫在地人？外地人？在這裡生活，住了十幾二十年還不是在地人嗎？真是太奇怪了，我阿公以前也是從屏東搬來的呀！」阿蘭無意中的一些話，讓郭月鳳靈機一動，她對丈夫說：「買土地、起戲院需要很多錢，若要貸款付利息，不如找幾個好朋友同齊投資？」

於是，向來獨資經營的尤家事業，首度納入合夥人，除了兩名宗親會的地方士紳外，郭月鳳好友邱秀英佔兩股，尤泉、通鼓仔和陳吳惜粉也湊出錢來各佔了一股，現下，這些投資者可都是百分百的在地人。

工程動土當天的典禮上，仍為實際經營者的尤豐喜特別請來羅東鎮長、以及地方上的政要能人，致詞時他說：「……在這裡起樓仔厝，開電影院，帶來地方上的繁榮，會使好風水好上加好……」雖然民間還是有些惡意傳言，詛咒若在聖廟地上經營娛樂事業會遭報應……云云，但是尤豐喜的一番遠見，果然很快就應驗。

三層樓高的連棟建築蓋好後，為地方繁榮帶來新氣象，尤豐喜留下部分蓋戲院及旅館，部分當販厝出售，營利不少。

然而有道是「合夥生意難做」，營利好時，股東們怕經營者貪瀆；營利差時，股東們又抱怨連連；要花錢更新戲院設備，股東們也各持己見，而這些合夥人彼此又都是好朋友，許多話似乎不便出口，積壓久了，表面上雖和諧如故，暗底卻是紛紛擾擾。

郭月鳳真是煩不勝煩。

而電影事業起起落落，戲院生意已不如戰後最初二十年，那時彷彿怎麼做都賺錢，現在的觀眾卻是越來越要求品質，戲院為了競爭，除了搶片源之外，也得隨時跟上時代腳步，更新硬體設備。

尤豐喜專權獨斷慣了，他不理會股東們的反對，大手筆地重新裝潢轄下戲院，換裝舒適的靠背座椅、放映機器，還裝設昂貴稀罕的冷氣機，打出「真正水晶宮，涼爽無處比，看戲穿大衣」的廣告詞，果然吸引大批觀眾。

此舉一起，其他地方戲院為了生存，也只好紛紛跟進，汰舊換新。

當轟動全省的黃梅調電影《梁山伯與祝英臺》終於來到羅東映演，神通廣大的尤豐喜竟能請得凌波隨片登臺。那情景真是萬人空巷，盛況非筆墨所能形容。

熱情的影迷擠破戲院，只為一睹明星風采，致贈的禮物，從金戒、玉鐲、項鍊……到稀罕的家電用品、香水、地方特產……，琳瑯滿目。愛戲入痴的陳吳惜粉，甚至還把一對翡翠耳環，從箱底翻出來，連同一大袋醃橄仔、金棗乾、鴨賞、粉肝……心甘情願地奉送給偶像。反倒是阿鳥，愛看戲歸愛看戲，戲看完，拍拍屁股走人，回家繼續做著永無止境的清潔工作，彷彿什麼事也不曾發生過。

那段時間，《梁山伯與祝英臺》劇中的黃梅調歌曲，在大街小巷音聲裊繞，幾乎是人人都能琅琅上口。

無數無數的婦女同胞，就像陳吳惜粉一般，《梁山伯與祝英臺》輪映到何處，竟就趕著火車、公路局客運追到何處，看了數十遍也不厭倦，不僅在電影院裡，隨著劇情悲喜抹淚，家裡有留聲機的，還掏錢買曲盤（唱片）回家，怕人家笑話，躲起來一遍遍地聽，一遍遍地跟著唱，聽唱到傷心處，淚流滿面，才覺過癮。陳吳惜粉的第一臺留聲機和第一套曲盤，就是為了《梁山伯與《祝英臺》買的，而意外的收穫是，她竟因此從完全的「臺語人」進步成「半個國語人」，曲盤封套上的文字，也因不厭其煩地抓到識字的人就虛心求教，而學會了不少，「我嘛是識字的人喔！」背越來越駝的陳吳惜粉笑皺了老臉，時常得意洋洋地翻出曲盤封套，要證明自己會認字給別人看。

數年後，即連死前的一刻，她坐在陽光溫暖的門口，一邊挑揀橄實仔，嘴裡都還哼唱著：「一要東海龍王角——，二要蝦子身上漿——三要觀音淨瓶水哎——四要王母身上香啊——啊！……」誰知唱著唱著，一口氣沒挺上來，她老人家竟就斷魂了。

在她死去的瞬間，天空彷彿劃過一道閃電，那還藏在她喉際未曾唱出來的歌聲，化作無數音符飄向虛空，幽幽滑翔，穿越她一生中所經歷過思考過記憶過的點點滴滴，時間停滯在一個死結上。那時，羅東出張所才改名為太平山林場未久，年方四十多歲的陳吳惜粉初初再嫁，帶著少女阿鳥，在太平山上過活，為伐木工人們煮三餐。

或許由於小耳不太平衡的緣故，阿鳥從小就慣常是端什麼就翻倒什麼，行走平地也常跌得鼻青臉腫，在醫藥不甚發達的年代，陳吳惜粉想也不曾想過是否該帶她去檢查？即使她已長成少女，陳吳惜粉也盡量不叫她端熱菜、熱水，接近火灶，只讓她幫忙些清潔工作，因此少女阿鳥就有許多時間在大自然裡冶遊。

無論陳吳惜粉怎麼罵，怎麼打，將她反鎖在屋子裡，少女阿鳥做完清潔工作後，就是有辦法偷偷溜出去，次數多了，似乎也沒發生什麼事，而且反正只要肚子餓了，少女阿鳥就會自己回家，終日忙碌的陳吳惜粉管不勝管，也就隨她去了。

陳吳惜粉並未注意到少女阿鳥已經漸漸發育，雖稱不上美麗，卻青春可喜，只是心思單純如孩童——不，或許說更像動物吧？不假造作的她，渾身散發著一股原始的野氣，似乎誰也駕馭不了她，卻越是如此，那些伐木工人就越喜歡逗她，追逐著她玩。有時候，他們會故意把糖果綁在懸空的釣魚線上，引誘少女阿鳥，待她伸手去抓時，卻猛然拉扯線頭另一端，讓少女阿鳥撲空，伐木工人們哈哈大笑，少女阿鳥氣得齜牙咧嘴，還會反過身來，追打那些戲弄她的人，倒楣被追到的傢伙，常被少女阿鳥咬得哎哎叫，不過只要給出那顆糖，少女阿鳥也就不咬人了，乖乖坐在那傢伙身旁，吮著糖果，臉上露出滿意的微笑。

「死查某鬼仔，汝三八到無藥醫！」陳吳惜粉不止一次發現，氣得拖回女兒狠捶一番，擰著她紅潤的臉頰，破口大罵：「這呢貪吃，有一天汝會被貪吃害死……」

陳吳惜粉的話，只說對了一半。

少女阿鳥並沒有被害死，卻是在二二八事件發生後的幾個月，肚子突然開始一天天變大。陳吳惜粉原先還以為女兒是貪吃發胖，待發現事實，整個人都呆了。

她連哭了三天三夜，將少女阿鳥綁在工寮裡的柱子上，打斷了兩根雞毛撢子、三根竹掃帚，依舊逼問不出真相。少女阿鳥即使被打得奄奄一息，子宮裡的受精卵，猶安眠無恙，快樂唱著細胞分裂進行曲，並未放慢做人的速度！

望著食量驚人的女兒，陳吳惜粉唉嘆之餘，臉上露出堅毅的神色，她明查暗訪了許多天，覺得每個伐木工人都有嫌疑，包括她再嫁的老公陳留都可能脫不了干係，甚至，她懷疑起最近出現於山上的一些生面孔——其中最引起她注意的，就是尤豐喜。

說來荒唐，年輕的尤豐喜不過是為人海派，朋友相求，只要做得到，必是出手大方，卻陰錯陽差地幫助了一批私藏軍火的傢伙，雖然要到那年的八月十一日，省警務處才在羅東起出大批埋藏地下的軍火，但在二二八事件發生後，處處風聲鶴唳，在朋友們相勸提醒下，尤豐喜及早就倉皇出走，避於太平山上。

他究竟與少女阿鳥的懷孕有無關係呢？陳吳惜粉無法肯定。即使是避難山上，尤豐喜與那些伐木工人仍是時常聚賭喝酒，陳吳惜粉唯一的證據是，某夜喝得醉醺醺的尤豐喜曾經給了少女阿鳥一包白脫糖。

陳吳惜粉擦乾眼淚，鼓起作母親的勇氣，衝進尤豐喜落腳的那間工寮，見到方頭大耳、天生帶有一股威嚴氣勢的尤豐喜，卻突然矮了半截似地，不知所措，竟胡亂指著也在工寮裡的另一位伐木工人尤泉，硬說是他睡大了她女兒的肚子。

醜聞在太平山上鬧開。

雖然陳吳惜粉有點內疚自己一時情急胡謅，但話既說出，若改口豈不成了自己說謊栽贓？拉不下臉來的陳吳惜粉，憋著滿肚子委屈，又為了女兒的名節，索性死鴨子嘴硬到底，又哭又罵：「路傍屍，腳骨大小支，敢做不敢當，想要欺負阮阿鳥憨……」她拉東扯西，瞎掰情節，彷彿曾躲在暗處偷看過似地，甚且指天詛咒：「我說的話，若有枉曲，將來會死得硬翹翹，歹收屍……」

見她鬧得這般，人們露出不懷好意的笑，斜睨著急得滿臉脹紅的尤泉。「仙人打鼓有時錯，腳步踏差誰人無？」有人則出面充當和事佬，勸尤泉好漢做事好漢當，也勸陳吳惜粉退一步為女兒幸福著想——

於是乎，一切順水推舟，冤家變親家，少女阿鳥有了新歸宿，尤泉則平白地撿了個媳婦。反正查某人油麻菜籽命，只要三餐顧得飽，大人囝仔一家平安，日子就算幸福了，嫁給誰其實不重要。

陳吳惜粉死亡的瞬間，這件幾乎早已遺忘的往事突然揪心而過。

一口氣哽在喉際挺不上來，她猛地抽筋，死未瞑目的眸子低掩著半生的疑惑——

時間不知經過多久。

等到家人發現時，死去的陳吳惜粉還好端端坐著，駝著背靠住門扉，微揚著老皮鬆弛的脖頸，半閉的眼眸隱約遙望遠方，皺得像朵乾菊花的唇綻開著，露出烏洞洞、沒有半顆牙的嘴，右手擰著一顆大橄欖，左手還騰空比出蓮花指。

由於她的整個身子已經僵硬，家人抱著她又揉、又搓、又拗、又掰的，浸泡溫水、盲人按摩……只差沒有像蒸粉肝、醺鴨賞一般蒸烤侍候，卻仍是無法讓她掰直放鬆橫著躺下，就連那顆大橄實，她也掐得死緊，七、八個人試過各種方法，用拉的用捏的用鑷子去夾……卻怎麼也無法取下來。

於是，陳吳惜粉在七十歲那年即已預備下的棺材就派不上用場了，家人商議結果，只好另找棺材店特別量身訂製，以配合老人家在世間的最後形象。

入殮時，陳吳惜粉就這麼雕像似地，駝著背脊、揚著脖頸、半閉眼眸、菊唇開啟，擰著大橄實，比著蓮花指，由兩名子孫自雙脅下輕輕撐高，硬梆梆地坐入幾近正方型的直立式棺材中。

而讓她疑惑半生的關於阿鳥，以及阿山身世的祕密，也隨著她的入土，一併掩埋。

第八章

陳吳惜粉「坐化」那年，細漢阿部拉在地方上已經赫赫有名。說起他的發跡，恰如他的身世一般，帶著引人發噱的傳奇性。

臺語片的最初風光雖然草草收場，卻不出幾年，又攀向新的高峰。看到臺語片幾乎是部部賺錢，加上細漢阿部拉的慫恿，尤豐喜靜極思動，不顧郭月鳳及其他合夥人反對，又將大把鈔票拿去投資拍電影。

這回，尤豐喜野心更大了，他不僅投資拍片，還積極籌錢買地，帶著細漢阿部拉、蔡猴等徒眾，參觀華興、湖山、大湳等當時著名的民間片廠，聘請專家規畫了擁有兩個攝影棚、辦公室、沖片室、印片室、烘乾室、剪接室、員工宿舍、化妝室、教室……等空間的片廠，甚至還打算開設演員訓練班，讓地方上一些資質不錯卻游手好閒的傢伙，乾脆都來免費上課，加入電影這一行。然而如此龐大的遠景，終非易事，一年、兩年、三年過去了，還停留在買地、預畫藍圖的階段。

此其時，細漢阿部拉既非製片、不是導演、也非演員，重新有機會跟著一部電影當劇務兼打雜，那部電影的導演和女主角竟就捲款潛逃，只留下一部陳舊的愛模eyemo機器，和幾千呎的底片。

消息傳出時，還在農曆春節期間，尤豐喜及其隨眾們已經連續聚賭數日，郭月鳳生著悶氣，而尤豐喜卻只是皺了皺濃眉，眼睛仍盯著麻將，也不知是在盤算牌勢，抑或估量如何處理；另一張賭桌上，細漢阿部拉卻被大大挖苦：「人若呆，看面就知，人若衰，種匏仔生菜瓜！」蔡猴更毒，撇著嘴嘲弄他：「去一次片廠，片廠就火災，跟一部電影，導演就落跑，我看你是一生命運坎坷，靠山山崩，靠厝厝倒，靠豬寮死豬母！」眾人大笑。細漢阿部拉咬著牙籤，翻了個白眼回嘴：「不是我在臭屁啦，電影讓我拍，絕對是轟動武林，驚動萬教！」蔡猴嗤之以鼻：「吃沒三把應菜，就想要上西天？」「臭頭仔嘛會做皇帝，就怕換帖的頭家不敢跟我賭，」細漢阿部拉吐掉被他咬爛了的牙籤，將剛摸上來的麻將牌，往桌上翻開，順勢推倒面前的牌，咧嘴笑說：「我咧——自摸啦！槓頂開花多一臺，各家錢算來！」

「我有什麼不敢賭的？敢拚？我就挺你！」尤豐喜不知何時也走過來看牌，拍了拍細漢阿部拉的肩。

尤豐喜果真答應讓他放手一搏。

按照當年行情計算，正常拍一部片子，最少也得十萬元，比較具規模的公司拍片則預算平均要三十萬元，細漢阿部拉拍片，卻是連導演費五千、劇本費一千統統省下來，臨時演員也打算自己軋上一角，萬般能省則省。

至於女主角，細漢阿部拉原本想找曾為尤豐喜拍過好幾部片子的小豔秋，然而逐漸大紅大紫的小豔秋，因為名氣遠播，被請到香港發展了，細漢阿部拉又問了其他大卡司的費用，衡量預算實在行不通，就將腦筋動到了阿蘭的身上。

「別亂來了，我哪會演戲啊？」初中畢業後，就在尤家戲院擔任收票員的阿蘭，雖非絕色，倒也出落得婷婷玉立。

在她的房間裡，貼滿了從戲院海報上剪下來的各國明星，其中，她最仰慕的，就是日後成為摩洛哥王妃的葛莉絲．凱莉。

「如果妳不幫我，我就每天來吵妳，吵到妳點頭為止。」

「你怎麼這麼死皮賴臉呀？以後誰嫁你誰倒楣！」

「嘿嘿，妳若嫁不出去，將來等我賺了大錢，就勉強考慮娶妳來當老婆，免得妳晚年淒涼——。」

「你，你這個——，這個——，你去死啦！」阿蘭眼睛冒火。

「別這樣嘛！」細漢阿部拉猶嘻皮笑臉，嘴裡亂嚷著：「我死了，妳就沒尪啊啦！」

「你再說，你再說——，我就一輩子都不理你！」阿蘭氣得眼眶都紅了。

「失禮，失禮啦！」見把阿蘭逗哭了，細漢阿部拉登時慌了手腳，連連陪罪，像隻蒼蠅似地，點頭如搗蒜，見他那滑稽的模樣，阿蘭噗哧笑出來。

「嘖嘖，妳一生氣，天就黑一半，真恐怖！」

「你難道講話永遠沒一句正經嗎？」阿蘭又沉下臉來。

「冤枉啊！我講正經的，妳又不答應。」細漢阿部拉誇張地嚷。

也不管阿蘭是否點頭，細漢阿部拉就到處放風聲，搞得厝邊頭尾人人都知道通鼓仔的女兒要當大明星了。

通鼓仔倒是沒啥意見，阿蘭她老娘可就興奮了。

「佛要金裝，人要粉妝，妳按奈面色死白，不行啦！」阿蘭她老娘不知從哪裡買來還是借來一大堆胭脂水粉，把阿蘭畫得像個洋娃娃，自己也仔細妝扮起來。

細漢阿部拉租了間廢棄倉庫，雖簡陋至極，沒有沖片間、沒有印片間、沒有錄音室，空棚裡只有化妝室、燈光設備、道具布景間等，卻仍美其名為片廠，利用那部愛模eyemo機器，由阿蘭的哥哥阿隆操作，轟動武林、驚動萬教的新片——《孤女阿蘭》，就隆重開拍了。

那部日本人留下來的愛模eyemo機器，往昔是戰地記者拍攝新聞片時所用，片盒裝在機器裡，得靠發條啟動，每上緊一次發條，最多照正常速度走三十秒，剛好夠一個標準鏡頭，超過三十秒就得分鏡，而且無法推、拉、搖，也無法拍攝長鏡頭，表現相當死板，大家只能盡其所能，土法煉鋼。

「夜景要怎樣拍？光線不夠啊！」阿隆搔著腦袋說。

當時由於器材進口設限，燈光設備十分欠缺，一般都是用一千瓦的強光泡，加做一個鐵皮殼子來打光，打出來的光，只是平面光，根本無法表現氣氛，遇到夜晚也無法拍攝。

細漢阿部拉和阿隆研究了半天，決定在白天拍攝「假夜景」，將攝影機光圈縮到最小，用反光板補光，造成「日光夜景」，竟然效果還差強人意。但也不是樣樣都順利，有一回，要表現陰森氣氛，細漢阿部拉利用黑紙罩在燈前遮掩，搞了半天，總算遮妥，可以拍了，卻因燈泡熱度太高，黑紙冒煙燒起來，差點引發火災，一切又得重來。

不過細漢阿部拉的點子還真是多，常會靈活運用聽來的一些「撇步」，像是利用廁所的燈泡製造月光的效果，在玻璃上貼棉花當作雲朵，遇到悲傷的情節時，雲掩夜空，月影淒迷，情人相見時，就移走棉花，頓時雲破月出，豁然開朗。

拍攝過程，也曾遇到器材毀損，有一次千瓦強光燈泡壞了，影響到拍片進度，細漢阿部拉靈機一動，不知哪兒去借來兩部汽車，利用車頭大燈照明，竟然也把片子給繼續拍下去。

初始，對於劇情大綱，細漢阿部拉心中其實只有初步構想，邊拍才邊討論改進，遇到分鏡問題，昔日對於漫畫的著迷竟也幫了大忙，細漢阿部拉參考漫畫裡的分鏡、轉場技巧，來串接劇情，順著落花流水悠悠而逝，時光就回溯既往，帶出回憶，隨著畫外聲慢慢入鏡，劇中人物也被帶入另一個場景。

●

喜愛看戲的阿鳥，似乎找到比進戲院更有趣的消遣，只要得空就時常會溜進片廠。

中年阿鳥模樣成熟許多，行為也穩重了，但依舊是身材胖壯，圓臉團團，眸眼黑亮，紅潤的腮幫子上，灑著幾粒咖啡色的曬斑，像沒洗淨的蒼蠅屎，一笑起來，曬斑就抖抖抖地，團團臉往外擴張，就把眼角擠出淡淡的魚尾紋。

她踩著木屐，叩、叩、叩地踱進片廠，就獨自找了個角落坐下來，安安靜靜地，並不吵人，嘴裡吮著兒子買給她的糖果，眼裡瞧著電影究竟是怎麼拍成的，瞧著瞧著，就呼呼打起瞌睡。

忽而，她歪著的頭差點撞到門板，頓一下醒來，抹去嘴角拖得老長的唾沫，剝顆糖果塞進嘴裡，不管方才盹著時遺漏了多少情節，繼續往下看，劇情仍然接得上，萬一真接不上，戲看多了，不會演也會編了，而她編出來的情節，有時候還會啟動細漢阿部拉的靈感。

「嗟！你老母才不憨咧，一隻鳥仔在樹頭叫春，不就是第二年男主角回來啊？」阿鳥翹著腿，大大的腳板搖晃著木屐，篤定地說。

細漢阿部拉咧嘴笑，將之編入劇本中原來沒有的情節，做為過場倒也恰當。

不過，有時候，阿鳥的自言自語就顯得有點瘋癲了。

「你若愛看戲，就恬恬坐，免在那邊吵死人！」阿鳥低聲斥責，可是她的四周並沒有其他人。

有時候，她的自言自語越來越大聲，甚至情節連貫。

「說啥咪烏魯木齊？」

「戲若無你們演不成？臭屁仙！」

「哈哈哈……仙拚仙，拚死猴齊天……」

阿鳥笑得渾身肥肉顫動，大大影響拍片情緒。

細漢阿部拉只好過來制止。

「歹勢啦，實在是真好笑，你看你看——，仙相鬥，會飛天，還會遁地——」

阿鳥一邊笑得捧腹，一邊遙指燈光的方向——

那裡，擁有一張娃娃臉的田都元帥，正和俊朗英挺的西秦王爺吵得不可開交，像兩道五彩光，在燈架四周追逐飛竄。

旁邊，一尊形貌奇詭的丑角仙倒掛著身子，雙足勾在燈架上，背上掛著雙面順風旗，雙掌各持一個鐃鈸，不停地忽上忽下翻抛，發出輕脆嘹亮的音聲，時而嘿嘿吟笑著：「管你是西皮還是福祿，管你是戲金還是戲土，歸尾啊——是死豬哥也會死豬母！」

旁邊的更旁邊，倏忽返回往昔時光的尤豐喜，則一閃遁入黑暗中。

細漢阿部拉順著老母阿鳥抬高的手指望去，恍惚有什麼晃眼而過，瞧仔細卻只是燈泡的光暈。

阿鳥邊笑邊抹眼淚，細漢阿部拉疑惑地瞧著老母，又瞧瞧燈泡，待要再問清楚，阿鳥卻斂起笑容，眸子深黑若潭。

「看嘸？」

細漢阿部拉搖頭，又瞧了一次燈泡。

「看嘸？」阿鳥無限同情地嘆口氣，剝了顆糖果塞進嘴裡，黑亮的眸光閃呀閃地，嚼著糖果，口齒不清地說：「看嘸就是嘸影——」

「嘸影就是不存在，」阿隆湊過來催促，塞了包糖果給阿鳥說：「阿鳥嬸，進度已經慢啦，妳就坐著看吃糖仔，免亂講憨話驚人好否？拜託咧，大家在等——」

「家己看嘸，又笑人憨！」阿鳥小小聲咕噥著，揣著懷中的那包糖果，倒也順服地坐下來，繼續剝糖、吃糖、看拍片、打瞌睡。

細漢阿部拉倒不全然認為他老母是在說憨話。

雖然多數時候，他真的沒看見什麼，也沒聽見什麼，但偶爾的偶爾，在拍戲的頃刻，他會驀然聽到某種細微的雜音，嘘嘘呲呲地，似是靜電干擾，又像是在商討什麼？凝神細聽，雜音又消失了。

有時不經意間，又似有影像掠過，出現的地點不一，片廠內、出外景，燈架、攝影機、膠卷、道具……處處都有可能，那掠過的影像似真似幻，當細漢阿部拉屏息走過去瞧清楚，才發現不過是燈光造成的陰影。

細漢阿部拉揉揉眼睛，想自己大概是太累了。

電影這個行業，彷彿有一種魔力，誰要是沾上了，很容易就會瘋進去，大夥兒白天忙於拍戲，晚上還不得閒。

即使影片完成都是送公營片廠剪接，但是細漢阿部拉和阿隆用功極勤，靠著尤豐喜的關係，借回了《羅生門》、《單車失竊記》、《羅馬假期》等著名影片，利用木製手搖捲片機，用手慢慢搖，一個鏡頭一個鏡頭搖著看，甚至把一格格底片模擬著畫下來，仔細研究剪接、分鏡的道理，有一次細漢阿部拉連續四天沒闔眼，累到流鼻血昏倒在片廠。

就是那一次，也僅有那一次，細漢阿部拉獨自看完一整卷底片，累得頭昏腦脹，眼前陳舊的電影底片彷彿也滿布星點光軌，他打了個呵欠，眼睛蒙上睏倦的水光，那漾漾水光使得視線迷離，迷離恍惚中，他竟看見底片上的影像水袖飛旋，一位巫師突然躍出底片。

「你你你——？」細漢阿部拉瞪大眼睛。

「我我我——怎樣？」那巫師嘎啞著聲音詭然一笑，就如影武者般閃逝——。

「幹！不要跑！」睡眠不足的細漢阿部拉大叫一聲，腦門血氣突然上湧，鼻血就噴出來，當場昏過去。後來，那格劇中人物出走的底片，就空著模糊不清的輪廓，只剩岩塊嶙峋的背景勉強看得清楚，大家都說這是因為影片太老舊毀損了的關係。「怪肖！有這款代誌？」細漢阿部拉聳聳肩，幹譙了一句，偷偷剪下那格底片，把其他部分重新接合，才將影片物歸原主。

●

其時拍片，一切因陋就簡。

雖然大家都沒有什麼經驗，卻都十分盡心盡力，一個人當四、五個人用。阿隆不僅要攝影，有時也得充當臨時演員撐場面，當時底片十分昂貴難得，每回機器換片剩下六呎、八呎的廢帶，阿隆也都撿拾起來，拍一些零星的特寫，視情況插用。即連阿蘭也不僅是當女主角，還得充任場記，管理道具，有時還幫忙其他演員化妝。

搭景太花錢，就儘量利用現成的寺廟、人家的宅院、客廳；出外景的時候，男性演員都得幫忙扛機器、物品，走長長的山路，到了荒郊野地，前不著村，後不巴店，女性演員就輪流扮廚娘，野炊帶來的米菜，讓大家簡單果腹。

一日，外景隊就近在冬山河一帶拍攝，許多厝邊頭尾聽說了，紛紛相約來看，把拍攝現場擠得水泄不通。這些厝邊幾乎都是看著阿山等人長大的，休息時間，遞茶遞水的，好不熱切，正也由於熟識，大家七嘴八舌地，對什麼都好奇，也對什麼都有意見。

「真正是十嘴九腳倉，哩哩囉囉吵死人！」阿蘭她老娘儼然星媽，維持起現場秩序。

但有人就不服了，哼一聲說：「頭一擺做大家，腳手肉就拉拉抖，臭屁到這款！」「噓，汝免親像放送頭啦，人家在拍戲，將你的破格聲都收進去！」也有人出面反斥……不過大家都是老厝邊，鬥嘴歸鬥嘴，氣氛還是相當歡樂，連午飯都有人自動準備了來。

午間休息的片刻，不抽菸卻幾乎隨時都咬著牙籤的細漢阿部拉一邊散步，一邊構想待會兒要拍攝的情景，走著走著，卻見阿蘭伏在河畔的大石頭上痛哭。

「是怎樣啦？誰欺負妳，妳說呀！」阿蘭她老娘在一旁急得跳腳，嘴裡罵罵咧咧地：「是阿山那隻潑猴欺負妳ㄏㄡ？真正是爛土昧糊得壁，妳這呢認真，無冥無日在拍戲，還常常給伊罵到哭，真正是做到流汗，給人嫌到流瀾……」

其他鄉親也都圍觀過來。

細漢阿部拉百口莫辯，每次工作人員或演員表現不好，他是會破口大罵沒錯啦，可是天地良心，那天他還沒開口罵人咧。

「阿母！妳不要鬧了啦，我哪有被罵哭？我是自己先排練，免得拍不好，浪費底片……」阿蘭坐起來，抹淨淚眼，臉紅紅地說。

「ㄏㄡ——」大家這才恍然大悟。

原來是為免NG浪費底片，引發誤會。

細漢阿部拉瞅著阿蘭傻乎乎地笑起來。

●

好運來時，擋也擋不住。

《孤女阿蘭》在農曆七月半那日，趕拍最後一幕孤女投水自盡的戲後，就順利殺青。

臺北一直是臺灣的影業中心，多數電影都是在臺北首輪映演成功，繼而轟動全省，《孤女阿蘭》卻是反其道而行，尤豐喜原本並不特別看好，只讓片子在轄下戲院上映，沒想到演出後票房極佳，雖未「轟動武林、驚動萬教」，卻賺走了無數婦女同胞的熱淚，全省許多戲院老闆紛紛主動捧上錢來，希望購得版權。

細漢阿部拉頓時聲名大噪。

種種穿鑿附會的民間說法，也不知是由誰開始傳起的。

有人憶起了許多許多年前宜蘭地區的一場詭怪冰雹，有人信誓旦旦地描繪昔日舊戲院前花卉瞬間全然盛開的異象，有人繪聲繪影地說是當日看到天空有神靈駕著祥雲出現，往地上灑下甘露水……依日期對照起來，雖與細漢阿部拉身分證上的出生年月日有些差距，不過當時尚未「坐化」的陳吳惜粉卻肯定那是因為晚報出生，她翻出一張破破爛爛的紙片，指著上面的生辰八字說：「我有去給阮孫算命，說阮阿山是未出世就給戲神做褉子……」對這諸多傳言，有人冷笑斥責：「聽你咧狗吠火車！」有人罵說是：「囝仔吃紅蟳，興管！」細漢阿部拉則既不承認，也不否認，習慣咬著牙籤當抽菸的他咧嘴一笑說：「我咧——，腳倉有幾支毛，親像給人看現現，幹破伊娘的！若興管的就給伊說，興捧卵的就給伊捧！」

一時間，許多片商也紛紛出資指名要他來拍戲。

野心極大的細漢阿部拉，點子彷彿多到用不完，也似乎永遠不知道累，做起事來，像個拚命三郎，常常十天、半月地就可以殺青一部戲，手上時常有多部片子同時開拍。

只要他駐紮在什麼地方拍電影，就像據地稱霸似地，有時候演員和當地民眾發生爭執或鬧事，被警方扣押時，分局的員警不說去問尤豐喜要不要放人，而是說：「去問細漢阿部拉要不要放了他。」

一片成名的阿蘭，被喻為「悲情小百合」，雖然仍是以拍尤豐喜投資的電影為主，但有時也會被其他片商借去拍片，那時節，臺語片演員片酬不豐，多仍是自己做頭髮、化妝，阿蘭常常因為軋戲，弄亂了角色，頂著這部戲的髮型，去拍那部戲，當場被細漢阿部拉罵得淚眼汪汪。

「我咧！哎——知妳是天生的苦旦，拜託咧，免哭啦，我說笑話給妳聽，」已經顯出導演威嚴的細漢阿部拉仍是一見阿蘭哭就頭大，他搔著腦袋，掰了個不知哪裡聽來的故事：「有一個查某人去公共便所，因為不識字，跑進查脯便所，上的那一間門鎖又壞掉，剛好一個阿督仔也進來，隨手一拉，門就開了，查某人大叫：『味見笑！』阿督仔慌忙道歉：『I am sorry!』查某人聽成：『啊毋鎖咧！』就更生氣地回答：『鎖壞去，叫我按怎鎖？』」

眸中還含著淚的阿蘭，忍不住笑出來。

●

細漢阿部拉拍片時，固然是認真投入，但是身邊熟識他的人都知道：「牛牽到北京還是牛！」他玩性極重，賭性更強，阿隆有時會唸他：「愛博，一世人撿角兼了然！」，他卻還是要著嘴皮子自我嘲弄：「二支腳夾一粒卵巴，阿那死都性格！」賭光了錢，他照樣心情愉快，咬著牙籤，趿著夾腳拖鞋，輕輕鬆鬆晃進片廠。

「聽說有好幾支片子送審都沒通過？」

放暑假回鄉的阿傳，雖未正式加入家族事業的經營，卻已儼然小老闆的態勢，關心起他父親投資的電影事業，時常出入片廠探班。

「幹！那些官虎目瞅糊到屎，一支好片七剪八剪還能看嗎？」

說到這個，細漢阿部拉就有氣，影片中郵差將信插在窗口，遭風雨打落——不行，因為有損郵差形象；影片中老師強迫學生補習，被混混學生修理——不行，既損教師人格，又破壞社會善良風氣；影片中有乞丐、殺人畫面、吸毒、官員收賄……——通通不行，有害國家形象……他要堅持己見，不修改，片子就只有死路一條，片商怕投資血本無歸，急得跳腳，天天煩得他都快氙氣了。

「我阿爸是不會說什麼，但是他投資了那麼多錢，你手上幾部——兩部是嗎？」

「我咧！你免裝一個模好否？幹，早晚會修剪到通過——」

「昨天艋舺的片商番仔忠也打電話來催，」阿隆嘆氣地補充說：「聽說他是混黑道的，你要小心點！」

「黑道遇到我這個魔道，也是沒法度！」

細漢阿部拉伸個懶腰，搖晃著腳上的夾腳拖鞋說。

突然，蔡猴從外頭氣急敗壞地衝進來。

「大家給你害死啦，你是在搞什麼鬼？」蔡猴嚷。

原來，今天新檔上映的一部臺語片《孤女尋母》，內容明明是倫理悲情劇，片尾竟然出現色情畫面，觀眾嘩聲四起，帶著孩子一起來看電影的父母們，更是生氣大罵。

「幸好戴帽子的（指警察）沒在現場，不然就慘啦！」蔡猴氣呼呼地。細漢阿部拉和阿隆互望一眼，搔著腦袋，咧嘴笑得好心虛。

細漢阿部拉有時也被請去偷偷拍一些鹹腥味重的臺語片，觀眾愛看嘛，又有啥辦法？但是明知送審時必然不會通過，只好移花接木，將片中的色情畫面暫時剪掉，為免剪下來的零碎畫面遺失，常就先隨便接在其他哪一部片子後面，待送審通過，再又悄悄把那些零碎畫面取下來補回原來的片子裡。

問題是，偶爾的偶爾，就像這次，細漢阿部拉會忘記在那一部片子上檔前，及時把移花接木的色情畫面取下來，結果，就出現張冠李戴的片屁股，讓觀眾們意外獲得臉紅騷動，血脈賁張的機會。

雖然拍鹹腥片，阿隆並未參與，但是移花接木的工作，他倒是幫過不少，也分享到不少好處。

尤有甚者，因為當時政府推動國語片的發展，訂有輔導國語片配額點數，細漢阿部拉就和片商同謀，把臺語片拿去配了國語發音，只是多花約莫兩萬元的配音費用，卻能領回十二萬元的補助，等於現賺十萬元，在戲院排上檔期的時候，稍微修改一下片名，放映的其實仍是臺語版，至於國語版就丟在倉庫，上不上映都無所謂。

第九章

「啊！閒到抓虱母相咬！」

細漢阿部拉伸了伸懶腰，叼著牙籤走出賭場。

見到路口的香腸攤，他緩緩踱過去，擲了兩把骰子，一贏一輸，取了老闆遞來的香腸，邊走邊吃。

最近，細漢阿部拉閒得慌，成天東晃西晃。

電影業界的起伏跌宕，正如人們常說的：臺灣沒三日好光景。

二度興盛的臺語片，旺沒幾年又開始走下坡。

雖然仍有零零星星的新片開拍，但許多片商已轉而投資國語片。

一方面，由於政府的大力推動，國語在臺灣日漸普及，提高了年輕觀眾對於國語片的接受度；另一方面，臺語片市場太小，一旦增加成本，必定賠錢，因此品質也就難以提升。許多臺語片的內容，甚且越來越荒誕、淫逸，被與沒有水準畫上等號，更流失了大批觀眾。

而國語片市場，除了臺灣，還可以賣到海外十幾處國家或地區，能以大成本製作，相對地，品質也比較可能提高，即使一些在臺灣不甚叫座的功夫動作片，在南非、東非、南美洲國家，依舊頗受歡迎。

迅速下滑的臺語片票房，很快地就使細漢阿部拉無片可拍。

而尤家事業所面臨的，則是另一種慘況。

由於尤豐喜再度投資拍片時，野心極大，除了籌畫自建片廠外，還同時獨資拍攝幾部片子，有的雖然賺錢，但有的拍攝過程卻拖得太長，導演低聲下氣地央求追加預算，海派的尤豐喜就把錢撥出去，等片子終於殺青，雖然票房不錯，卻因成本過高而賠錢。

累賠的結果，惡性循環就開始了。

當即使預賣版權，都無法支應已經投資的片子順利拍完時，尤豐喜只好又大張旗鼓地宣布開拍其他新片，先向部分戲院老闆或發行公司取得三分之一片款，勉強度過難關，問題是，新片尚未殺青，錢又用光了，只好再度開拍新片，如此折騰下來，沒多久，尤豐喜竟然已是負債累累。

此外，一直穩定經營的戲院，也遇到空前的打擊。

當電視剛在臺灣出現時，就擁有全羅東第一臺電視機的尤豐喜，未曾料到電視的影響力竟然這麼大。

初始，鄉鎮地方電視尚未普及，戲院生意所賺的錢，有時還能彌補投資拍片的虧空，然而當電視逐漸普及，成為人們的新寵，對於已經呈現疲態的臺語片票房，更是雪上加霜。

曾經左右逢源，戲院老闆搶著要、片商搶著投資的臺語片，竟然淪落到沒有檔期可上的地步。在臺灣，一般的小片商，並沒有自己的發行管道，通常都得委託排片人或排片公司，代為排片上檔，如果排片人不排，影片就可能永不見天日，丟在倉庫裡發霉。

即使尤豐喜擁有多家戲院，但向來是有的專映國語片、有的專映洋片、僅有部分戲院才是以臺語片為主，而今，臺語片是上映一部就賠一部，為了生存，也只好設法轉型了。

許多臺語片像垃圾一樣被處理掉，有的則秤斤論兩賣給收破爛的，最後送進木屐寮，不知是誰發現，成綑成綑的膠卷，挺適合裁下來做為木屐鞋面。那陣子，人間行履突然華麗起來，木屐踩得叩叩響，雙足風光，走演著世情悲歡，或許是陽明和金蘭正在月下談情說愛，或許是半格的武拉運接上另外一格半的戽斗、石軍和張敏，也有周遊、柯俊雄和大胖玲玲，還有洪明麗、矮仔財和葉啟田……，仔細瞧瞧，王哥柳哥或許正在腳盤上跟著穿木屐的人們一起遊臺灣。

臺語片演員紛紛尋找新舞臺，有的轉型成功，有的進入電視臺，有的出現在夜市打拳頭賣膏藥……此其時，歌仔戲班也沒落了，有一回，細漢阿部拉還遇到一位曾演過臺語歌仔戲電影的旦角，平日追隨歌舞團，有打工機會就跟著葬儀隊賺點外快，專唱哭調扮孝女白琴。

不演電影了，阿蘭重回戲院工作，成為郭月鳳的得力助手。

阿隆已經可以獨當一面，隨著放映設備更新，炭精棒早已走入歷史，他的工作分外輕鬆，一人就可以應付全局，不再需要助理小弟，機器調整好，影片放上去，就算暫時打起瞌睡也沒啥關係。

細漢阿部拉則混跡於臺北西門町，幹起排片人，他仍是不喝酒不抽菸，也仍舊賭得凶，賺的錢多數奉獻在牌桌上，即連收到徵召令，到金六結營區接受七天的國民兵訓練時，也不忘切磋賭技，一副四色牌贏得那個老芋仔營長差點惱羞成怒，當場翻臉，不過呢，私下協調的結果，老芋仔營長賭債全免，而細漢阿部拉則享受特權，涼呀涼地度過快樂的七天。

在這七天裡，據說上帝足以打造一個新世界，不過對細漢阿部拉而言，當他在營區裡待足七天，再度走回繁華人間時，發現的卻是一個舊世界的崩潰。

尤豐喜的病與死，來得如此突然，如此迅速。

全身細胞慣常浸泡在愉悅狀態的細漢阿部拉，在那段時間裡，失去了嘻怒笑罵的本能，整天陰沉著臉，大家這才發現，原來細漢阿部拉也有穩重的一面，郭月鳳交代的事項，他每樣都做得謹慎無誤，嚴肅冷然的神情，不怒而威，讓人望而生畏。「伊是阿部拉的第幾後生啊？生作真像。」喪禮時，遠來弔唁的不知情者問得貿然。「亂亂講，一丈差九尺！」蔡猴駁斥，細漢阿部拉那對烏黑的大眼睛、略圓的臉龐，完全遺傳自阿鳥，與濃眉小眼、方臉大耳的頭家尤豐喜怎麼會像？「有人半路替你認老爸咧！」事後蔡猴還把這件事拿來當笑話講，細漢阿部拉只是哼一聲，板著臉走開。

尤豐喜下葬那天，晴陽麗日，細漢阿部拉卻整顆心陰慘慘地，總覺得被某種幽冥的眼光凝視著。換帖的頭家，是你嗎？細漢阿部拉無聲地探問，卻沒有任何訊息回應。換帖的頭家啊，若死沒路去，歡迎你時常返來糕糕纏，免客氣啦！他默哀時，一本正經。而尤豐喜的一縷幽魂朗笑點頭，日後也果真三不五時地返來。

死後的尤豐喜不免十分感慨，在生時，自己即使不至於喊水會堅凍，卻也是徒眾前呼後擁的大角色，死後不久，徒眾們卻就「龜做龜討食，鱉做鱉爬壁」，只剩下蔡猴和細漢仔還未散去。

而他過世前後的幾年內，不幸事件接二連三地發生，先是尤泉酒後失足，跌落太平山崖谷身亡，不久，通鼓仔因車禍意外不治，亦是股東的兩名地方士紳又相繼罹患癌症……「在聖地上蓋戲院，歸尾會受報應」之類的耳語，又開始蜚短流長，那些繼承股權的後輩晚生，紛紛要求退股。

尤豐喜的魂魄，眼睜睜看著郭月鳳將他昔日買下來預備蓋大型片廠的那整塊地賣掉，又四處借貸，才終於把股權盤清買回。

然而戲院生意大不如昔。

雖然有細漢阿部拉在臺北幫忙，片源不成問題，戲院設備也一再更新，幾乎與臺北同步，然而許多觀眾還是被電視吸引走，尤其黃俊雄率演的《雲州大儒俠》在電視上開播以來，每到中午，偌大的蘭陽平原——搞不好全臺灣都如此——就突然陷入魔咒之中，無論走到哪裡，電視傳出來的聲音，不是史豔文、藏鏡人，就是怪老子、哈麥二齒之類的，人們一路走一路聽，甚至不必怕劇情無法連貫，沿路商家裡的店員，放著生意不顧，個個聚在電視機前，老闆卻不罵人，因為連他自己也在看。

馬路上一片空蕩蕩，連一部計程車也叫不到，因為司機都趁著中餐之便，要不就窩在小吃店裡，要不就匆匆趕回家去，為的就是觀賞這齣轟動武林、驚動萬教的布袋戲。

這種集體精神性抽筋般的全民運動，通常是在刀光劍影中，布袋戲人偶廝殺得難分難解之際，「緊張！緊張！緊張！危險！危險！史豔文被藏鏡人打落萬丈深坑，未知生死如何——，明哪載同一時間，請收看精采續集」的口白出現了，魔咒才會解套，人們意猶未盡地吁口氣，臉上猶帶著眠夢般的恍惚，市鎮重新動起來，馬路上才又見得到人來人往，以及計程車呼嘯而過。

電視機前盛況如此，戲院前卻是門可羅雀。

初始，尤豐喜的魂魄時常來去徘徊，試圖安慰郭月鳳，然而，她總是從早忙到晚，整個腦袋塞得滿滿，沒有空隙來接納其他。生活裡的困難越多，她拉緊的臉部線條就越顯隱忍，並且逐漸透出某種堅毅與冷肅，年輕時柔媚的神情，變硬了，法令紋如鋼絲般深深烙在唇角兩側。笑一個嘛！阿娘仔已經很久沒有對我笑——調情的浪言浪語，如風拂面，郭月鳳卻不僅沒有笑，眉頭還蹙得更緊，她盤算來、盤算去地，總也入不敷出，因此決定讓出位於蘇澳、南方澳等處的戲院，與建商合建為商場出售。這樣的決定讓他氣得跳腳，卻又莫可奈何，在生時，他就無法違拗她的心意，死後，依舊如此。

南方澳戲院拆除的那一天，郭月鳳遠遠地坐在鄰近山坡地上的八角涼亭裡，朝下俯瞰，峻長湛深的南方澳漁港就在眼前，花白的陽光仿似霧影蒸騰，茫茫籠罩著成排成排的船隻桅桿，離開漁港不遠的戲院，像個脆弱的火柴盒，怪手輕輕幾挖，就崩塌碎散了。

八角涼亭下方的綠色草皮上，一些孩童們正在奔逐嬉玩，一隻隻風箏拉著長長的線往上升揚，如追風的鳥，急切想飛。

藍天。白雲。獵獵的風。操縱著線的手，必須體會風速與風向，線不能拉得太緊，也不能放得太鬆，才能將急切想飛的風箏，成功放上天空，讓它快樂飛翔，而一切仍舊扣在自己的掌握中。

深深的依戀，在線的兩端，以為那就是永恆了。

然而，即使被長長的線拘在空中，時刻到了，線，終究還是要斷，風箏遠颺而去，再也不會回頭。

在經濟最拮据的時候，她也毫不吝惜一次又一次地為他做法事，辦大悲懺、梁皇寶懺，到廟裡超薦供奉，然而一年又一年過去，她才逐漸接受他再也不會回來的事實，即連夢裡都不可期待。從年輕時，她就時常期待著他突然回家來了的喜悅，也一直在等待著他和自己一起老去，然而尚未老得足夠停歇下來，他就提前撇下一切，飛走了。

長長的一生，她費盡辛苦，就像一個玩風箏的孩子，從完全生疏，到逐漸熟練，努力護守著手中的線，既不敢拉得太緊，也不敢放得太鬆，時時經營，時時小心，以為美好的局面就會安安然然維持下去。他在外面，總是有女人，她一直知道的，也一直知道唯有放他去飛，無法綑束的性格才能放翅伸展，只要依戀仍在，他就飛不遠，明白巢在何處，就也牽腸掛肚，一定要趕回來。

即連過世前，他執意要回的，仍是羅東的家，而非花蓮那邊。

她要強一生，也贏了一生。然而，她究竟贏了什麼？護守一生的線，突然空蕩蕩地跌落下來，線的那端，只是空無。

不再需要揪著心等待，她感到輕鬆，但整個人卻又覺得好疲倦、好疲倦。

●

那年九月，郭月鳳將家族事業的對外經營權移交給阿傳，退居於後，同時作主說定了阿傳與阿蘭的婚事。

一切如此突然。

在臺北收到喜帖的細漢阿部拉，只覺得一陣恍惚，坐下來發愣。

他也說不上來哪裡不對勁，只是整個人怪怪的，好像全身骨頭突然錯接了位置，而腦袋又和身體分了家，互相挨不著，彼此管不到，茫茫渺渺地。

但日子照常過，他還是能吃能喝能睡，甚且前所未有的認真，不似往昔，工作能拖就拖，反倒將能掌握的片源，往後預排……而工作不忘玩鬧，玩鬧不忘賭博，一邊賭博仍一邊說笑，嘴裡牙籤咬爛了都不知道。

「哈！你最近是遇到鬼？還是改途做槍手？放槍放不停？」在牌桌上，萬國的ＡＢ斯嘲笑著，取過細漢阿部拉丟出來的七筒，放在手邊，戒尺順勢推倒面前的痲將牌。

「幹！放槍請尾局，你還嫌？」細漢阿部拉搔搔腦袋，數出足夠的鈔票給ＡＢ斯，正要舉杯喝飲料。

「他媽的，你不要把牙籤又吞下去噢，前天差點被你嚇死！」牌桌上的另一位賭客羅仔說。

大家都笑起來。前天細漢阿部拉不知怎地竟將咬爛的牙籤吞下去，卡在喉嚨，幸虧及時催吐出來，否則搞不好現在人已經躺在醫院。

「還說你沒有失神？像三魂七魄走掉一半！」細漢阿部拉的上家阿椎抱怨說：「胡亂打，好牌也被你攪得爛糊糊！」

細漢阿部拉打了個長長的呵欠。換作平時，他絕不可能在嘴皮子上敗陣，但這回他卻連反唇相譏也懶，只是幹了一聲，咬上一根新牙籤，繼續洗牌。

即連阿蘭婚期將近的前幾天，朋友新開設的地下賭場請他去捧場，他照樣趿著夾腳拖鞋去了。連打三天兩夜的梭哈，同桌的賭友輪番換過幾個了，他卻毫無倦意，越賭越來勁，越來勁就簽下越多賭債，當第三天的陽光透窗而入，爬上牌桌時，他望著澤亮的桌面，突然嘆口氣，想也不想地，就將身上剩下的所有籌碼、連同賭債欠條副本一併下注，這局若跟到底，贏家可以開心花用一整年，若輸了大概就得當褲底，同桌的牌友你瞧我、我瞧你，估量牌面，遲疑著約莫兩、三分鐘，還是紛紛蓋牌認輸。

「大家這麼好禮相送？我就不客氣——」細漢阿部拉吐掉嚼爛的牙籤，咧嘴一笑，把桌面上四張紅桃的A、老K、Q、J往手裡一收，併入暗蓋著的牌——那只是一張黑桃8。牌桌上的賭資清算下來，剛好夠抵賭債，還剩下一些，就見者有份，隨意分紅。

他走出隱密於住宅區內的賭場，從天橋下穿越中華路，摸摸身上的錢，約莫還夠在「點心世界」吃一頓早餐，鍋貼、燒餅、餡餅、蘿蔔糕、酸辣湯……他豐豐盛盛地點上一大桌，吃到實在是撐不下了，抹抹嘴站起來，付完帳，回到武昌街巷子裡租來的頂樓中。

那算是違建的鐵皮屋，細漢阿部拉已經預付三年包含水電費的租金，室內約莫有十六坪大，只佔據地坪的一半，鐵皮屋前的大片空地，過去或許曾經設計為空中花園，鋪過草皮、種過盆栽，還沿著女兒牆磚砌寬闊的花臺，但是現下卻已草皮乾禿，盆栽東倒西歪，花臺裡雜草叢生。不過即使乏人照料，植物的生命力依舊旺盛，昭和草花、牽牛花之類的黃白嫣紫，點綴在一片雄綠紛然中。

細漢阿部拉順手拔了幾粒黑紫色的黑鬼仔籽，噹在嘴裡，酸酸澀澀地。

他皺皺眉，仍是嚥了下去，進到屋裡，慢條斯理地梳洗、刮鬍子，動作極為仔細，下巴卻仍不慎被刀鋒劃破了，傷口淺細，並不嚴重，滲出來的血絲卻還是染紅了半張衛生紙。他側著脖子，歪著嘴，愣愣看著下巴那道淺傷口，發了好一會兒呆，「幹！什麼傷?!嘴瀾糊糊就好了！」他嘴裡這麼唸著，卻慎重其事地跑出門去，到對面藥房買回ＯＫ絆貼上。

換好一身乾淨衣服，他翻遍角落和達新牌衣櫃裡所有的衣服口袋，總算找出幾疊面額不同的鈔票，並且很難得地將鈔票一張張摺妥放進皮夾壓平，而非像平日般隨便一大把塞進口袋。這時，他覺得自己準備好了，出門招了部計程車，先彎到幾家有名的糕餅糖果舖，買了大包小包地，然後就直驅羅東。

平日就愛到處亂跑的他，自從在臺北當排片人，除了工作時間外，要不就賭得昏天暗地，要不就是聽說哪裡好玩就和人約著往哪裡去，唯有突然想到了，才會回羅東一趟，有時是三、五個月，有時甚至是半年、一年的，農曆春節前夕，家鄉的親朋好友才看得到他的影跡。

不過，三不五時地，阿蘭和阿鳥會收到各種他寄來的好吃的零嘴，而只要回鄉，他更是蒐羅每一種新發現的糕點、糖果、餅乾，親朋好友人人有份，而且留了特別多的兩份，一份給老母阿鳥，一份就給阿蘭。

這回他同樣是如此，抵達羅東，沒有先回家，就直接去找阿蘭。

「妳吃看嘜咧，這是我在重慶南路七十五號門口發現的，這攤牛舌餅有夠好吃，和咱宜蘭的不同款喔！」

他才踏上戲院門口高起於門廊的前廳，放下手中的大包小包，就先拿出其中的牛舌餅，自己大口吃起來，同時伸手遞了一塊進去售票口。

「是你？什麼時候回來的？」坐在售票室裡的阿蘭看見是他，笑問著，接過牛舌餅。

「現在啊！」細漢阿部拉咧嘴笑，還舔了舔唇角的芝麻粒。

「要不要喝水？吃那麼快，也不怕噎住？」阿蘭走出售票室。

「不要，可樂比較好喝。」細漢阿部拉說著，旁邊就是販售部，他晃過去打開直立式冷藏櫃，自己拿出一瓶可樂打開就喝。

「嘿！現在販售部是租給別人做，不是自己經營了，」阿蘭打了他的手一下，轉身去付錢：「不好意思喔！」

「奇怪！每回見到你，你若不是在賭博，就是哪裡有傷！」阿蘭瞪著他，嘆口氣。

「奇怪！每回見到妳，妳若不是碎碎唸，就是愛哭！」細漢阿部拉塞了滿嘴牛舌餅，口齒不清地。「你——！好啦，反正你討厭人家管，以後我也不再管你！」

「對啊！妳趁早嫁嫁咧，省得管東管西！」細漢阿部拉揚起下巴，指著ＯＫ絆說：「我自己會療傷糊藥，誰要妳雞婆？」

阿蘭望他一眼，低頭，不吭聲了。氣氛少有的沉悶。細漢阿部拉又取了一片牛舌餅大口嚼著。

「愛生氣容易長皺紋，明天當新娘，一張臉皺巴巴，像老太婆能看嗎？」細漢阿部拉受不了那種沉悶，擠眉弄眼地說。

「你——！」阿蘭又好氣又好笑，嘆口氣說：「知道我要結婚，難道就不能說幾句好聽話祝福我？」

「好聽話啊？——」細漢阿部拉很認真地想了一下，竟然說：「好啦，以後妳若守寡，或者是離婚，不管帶多少拖油瓶，我都全數接收，等妳到死，好否？」

「你難道永遠沒有一句正經的？」阿蘭氣得眼眶泛紅。

「幹！我明明說正經的，妳總是不信，那妳是要我怎樣？切腹自殺好否？」細漢阿部拉竟發火了。阿蘭被唬了一跳。從小到大，他總是嘻皮笑臉，整天阿蘭長阿蘭短的，滿嘴鬼扯是時常有，卻何曾對她動肝火大聲嚷嚷？遑論翻臉相向？

「拜託咧，知妳演苦旦免化妝啦，」看到阿蘭的委屈模樣，細漢阿部拉的氣燄弱下來，唉聲嘆氣兼鞠躬哈腰地：「我連小學都沒畢業，不像你們讀孔子冊那麼會講話，我是孔子媽教的，放屁也不會看風頭，啊毋鎖咧，啊毋鎖咧！拜託笑一下啦，妳一生氣，我天就黑一邊，啊毋鎖咧啦！」阿蘭輕拭眼角，勉強笑一笑。「這幾年你寄放的錢，我拿去跟會，現在收了尾會都在銀行定存生利息，你拿回去，看是要作生意，還是存起來當娶某本——」

「免啦，妳就繼續替我保管。」

「可是——我就要結婚了——」

「哼，結婚稀罕？」細漢阿部拉咕噥著。

「你說什麼？」

「沒啊！妳要吃否？」細漢阿部拉吃膩牛舌餅，又拆了顆牛軋糖塞進嘴裡。

「奇怪，你怎麼都不會蛀齒？」阿蘭好笑地，接過他遞來的牛軋糖。

「定存單在家裡，你和我回去拿——」

「免啦，就送妳作結婚禮物，省得嫌消嫌鼻，怪我都沒有祝福妳！」

細漢阿部拉說著，留下要送給阿蘭的那些「臺北名產」，擰起其他的大包小包，就走出戲院門口。「不行啦，那是一大筆錢吶！」

阿蘭追出來，在他背後喊。

「妳留著，反正給我，我也是賭掉！」

細漢阿部拉回頭咧嘴笑一笑說，就轉身大步離去。

婚禮如期舉行。

細漢阿部拉全程參與，還理所當然地與阿妹姑分任男女儐相。

杯觥交錯的婚宴上，男儐相照例是要替新郎擋酒，平日滴酒不沾的細漢阿部拉一杯下肚，隨即滿面通紅，舌頭也大了起來，說起葷笑話，更是百無禁忌。

「去年颱風，臺北合作金庫的總經理打電話來咱『宜蘭支庫』探問災情，接電話的工友就向他報告：『沒啥損失啦，只有招牌吹壞去，「庫」落下來，「支」歪歪，「蘭」吊在半空中晃咧晃咧……』」細漢阿部拉甚且拉著阿隆輪桌敬酒，兼奉送笑話一則，賓客哄堂大笑。

「不會喝，就少喝點啦，看你，連腳都快站不穩了。」阿隆小聲勸。

「誰說——我不會喝？好膽跟我栽孤支，紹興一人一罐，看誰先倒，敢否？」細漢阿部拉臉紅脖子粗地，笑開一口白牙。

「免！免！」阿隆搖手不迭！

「平日騙說你不會喝酒，原來是假仙！來啦，我跟你栽孤支——」蔡猴卻跟著起哄。

「蔡，蔡桑——，我勸，勸不停，你卻——卻拿——拿柴添，火旺——？」阿隆勸阻，一急就口吃。

「阿隆你免亂啦，來來來，歡迎大家插花，賭看誰贏？」滿眼紅絲的細漢阿部拉說著，真就打開兩瓶紹興酒。

賓客們更樂不可支，紛紛五十、一百地下注。

蔡猴自恃酒量一流，不過到底年紀大了，才灌下半瓶紹興，就喘著氣噓不下去。反倒是細漢阿部拉灌可樂似地，卯足勁，一瓶拚到底，不過卻開始意識恍惚，賓客們似乎爆出喝采，但聽來卻十分遙遠，一張張臉龐，在眼前飄來飄去，其中彷彿還有死去的阿嬤陳吳惜粉、大漢阿部拉尤豐喜、玩鈸弄鐃的老乞丐、穿著戲服的田都元帥……認識的、與陌生的臉，互相交錯，互相疊映，在現實與虛幻之間，似有一塊不明區域在逐漸擴大著。蓮霧、芋圓、豆腐……洪亮的音聲驀然響起，細漢阿部拉略微搖晃，像攀著浮木般，意識緊緊追隨著逐漸綿密成片的無聲之聲。

不過，沒有人發現任何異狀，也不知是否靠著意志力支撐，細漢阿部拉既沒有醉倒下去，也沒有失態胡鬧，只是變得稍微安靜些，動作僵硬些，偶爾也還說說笑笑，吃菜喝酒，別人對他說什麼，他也懂得回應，甚至在婚宴結束後，還跟著大家起哄去鬧洞房。

「奇怪，我還，還以為，阿蘭，會——嫁，你！」阿隆顯然也醉得差不多，說話挺無分寸的。

「莫憨咧——」細漢阿部拉也回答了，但話沒說完，阿妹姑就笑著打趣：「阿蘭才沒那麼笨，幸好她是嫁我弟，若是嫁他呀，大概連鍋灶都被拿去賭光光！」「哈哈，還是阿妹姑了解，怎樣，要不要嫁我？搞不好我還會賣某做大舅，妳可以至少嫁雙次！」細漢阿部拉嘻皮笑臉地。

「臭阿山！狗嘴裡就是吐不出象牙！」阿妹姑氣得搥他。

帶著幾分酒意，大家笑笑鬧鬧地，彷彿又回到往日時光。

不過，細漢阿部拉壓根兒對灌了那瓶紹興酒之後的任何事物毫無印象，整個人渾渾噩噩地，完全不知道自己做了什麼，說了什麼，當大夥兒盛情留他住幾天，他也不知道自己回答得多麼合情合理：「幹，我也想啊，可是臺北有事情要辦，再不回去就火燒腳倉了！」當夜，他就坐著計程車直奔臺北，沒有絲毫延誤地回到位於武昌街巷弄裡的頂樓。然後，就像全身能量突然潰散一般，他往床上倒下來，沉沉睡去。

黎明趕走黑暗，天空翻出魚肚白。

陽光緩慢挪移，逐漸爬向西曬的那片牆。

然後暮色又一寸寸暗下來，黑夜沉沉。

新的黎明來臨。新的黑暗又籠罩一切。

電話響了又停，停了又響。

沒有任何朋友想到該來瞧瞧，約莫認為他要不就是瘋到哪兒去玩，要不就是流連在哪個賭場，反正大家早習以為常。

一天。兩天。三天……

……細漢阿部拉猶在睡眠中，越沉越深，越沉越深……。

第十章

那天早上，於尤泉過世後，就離開尤家獨居、脫離幫傭歲月的阿鳥，沒有告訴任何人，就收拾細軟，用花布巾綑紮成一隻包裹，揹在肩坎，先到糧食行，買了幾包菜籽、一大麻布袋的白米、一大麻布袋的黑豆、一大麻布袋的麵粉、一大麻布袋的芝麻，和一大麻布袋的砂糖，送交托運後，就獨自搭上前往臺北的火車。

某種無法解釋的強大力量，從精子與卵子相遇的瞬間，母親與孩子的心靈，就被這股強大的力量深密聯繫著，從來放任自由的阿鳥，敏感到一種需要與被需要，聽到一聲聲不可忽略的呼喚。

從來不曾離開大宜蘭地區的阿鳥，邁著粗壯的腿，步履堅定，雖然來到陌生之境，卻深信「路生在嘴裡」，她沒有坐過站，順利地在臺北火車站下車後，靠著一張皺巴巴的紙條——那是從阿山以前寄巧克力回來的包裹紙上撕下的寄件人地址，她雖不識字，別人卻識字，她把那張紙條給商店裡的店員看、給模樣可靠的路人看，一路問，一路行，竟然就從臺北火車站走到了武昌街。

她爬上位於巷弄裡的那間頂樓，走過雜亂的前庭，鐵門用力一推就開了。

「垃圾滿四界！臭死！」阿鳥皺了皺鼻子。

她放下花布包裹，打開所有的窗戶，讓新鮮空氣對流，午后陽光斜斜照在西曬的那片牆上，床上的細漢阿部拉，臥姿猶如蜷曲的蝦。

她瞧了兒子一眼，就開始自顧自地打掃起環境，將磨石子地面擦拭得一塵不染，拖出床底下的骯髒衣褲、臭襪子洗淨。

阿鳥就這樣順理成章地住了下來。

一天。兩天。三天。好多好多天。除了前往領回托運的幾大麻袋糧食外，阿鳥幾乎足不出戶，頂多是來到門前空地，她留下黑鬼仔草、川七、昭和草之類可食的植物，把亂七八糟的野草拔淨，種下菜籽，盆栽全數移向角落，把地方空出來，拉起塑膠繩用以晾曬衣物。

當兒子年幼時，她幾乎是不曾管他，餓了，他自然會回來找吃的，累了，自然會回來睡覺，吃飽睡足，他就又玩得不見蹤影，頂多惹事生非被人擰回來告狀時，為了安撫對方，不管誰是誰非，她抄起雞毛撢子就打得他哎哎叫。

現在，她卻無微不至地照顧著兒子，每天用溫水為他擦拭全身兼按摩，而他依舊沉睡著，只有一次，當她用棉布蘸糖水潤澤兒子乾燥泛白的唇時，他突然微微睜開眼，看到母親，並沒有任何驚訝、激動、感謝或歡喜，只是虛弱地冒出一句話：「阿蘭，已經嫁別人！」一滴淚從他的眼角流出來。「我知啦，誰叫你！」阿鳥粗糙的手輕輕撫去那滴淚。他似乎微笑了一下，就又沉沉睡去。

日復一日，阿鳥將環境打掃得乾乾淨淨，窗戶、地板擦拭得亮晶晶，不讓角落結蛛網，不讓任何一隻蚊蟲蟑螂打擾兒子的睡眠，即使陷在深沉睡眠中的兒子根本無法進食，她仍不忘每餐都用調了糖水的粥糜去滋養他的唇。

阿鳥從來不無聊，空間裡總有許多生靈來探望，坐化的陳吳惜粉仍如生前般，擰著至死不肯放的大橄實，比著蓮花指，罵阿鳥：「憨查某，三八到無藥醫，也不知誰的種，真正是要將我氣死！」罵著罵著，覺得無趣了，就自顧自地坐到孫子面前，為他唱起黃梅調解悶。

娃娃臉的田都元帥，和俊朗英挺的西秦王爺，仍是一見面就鬥法，刀光劍影，滿屋亂飛；「哇——哈哈哈！管你是西皮還是福祿，說是戲金，不的確（說不定）是戲土？子丑寅卯，目虱家蚤……」鐃鈸音聲，伴隨著胡言亂語，驀然隔空響起，必然又是那尊丑角仙前來攪局，他仍雙掌各持一個鐃鈸，不停地上下翻拋，閒閒地在高處看仙相拚，偶爾還會偷阿鳥的紅砂糖吃。

「我是戲神！」

「我才是戲神！」

氣喘吁吁的田都元帥，和怒眼暴睜的西秦王爺，吵得不可開交。

「哼咧，戲神在這啦！」按捺不住的丑角仙，小聲地咕噥著。

原本纏鬥得難分難解的田都元帥和西秦王爺卻耳尖聽得分明，矛頭頓時轉向，刀光劍影撲殺過來，破口大罵：「何方妖魔鬼怪？還不現出原形?!」丑角仙被打個正著，從高處摔落下來。

「天無照甲子，戲沒照天理！我命休矣！」驚惶大叫的丑角仙跌了個四腳朝天，身上光鮮的裝扮已然被刀光劍影燒得破爛，頓時成了灰頭土臉的老乞丐。

「臺灣無城，吃飽就行啊！我三十七計溜為先——」

老乞丐連滾帶爬，慌狂而逃。田都元帥與西秦王爺緊追不捨。

除了仙拚仙的鬥鬧場面外，時不時地，尤豐喜的魂魄也會來訪。

他的裝扮越來越年輕，穿著郭月鳳燒給他的新衣服，遮掩身上的窟窿，他依舊行止威儀，卻變得喜歡演講，總是不斷細數當年如何如何，訴說遠大的理想，澄清自己曾經做過哪些事，不曾做過哪些事，力陳自己在電影史上該有怎樣的地位……，但再無徒眾前呼後擁，說到口乾舌燥，也無一杯茶解渴，他生著悶氣，來到床邊。

「枉費少年！這麼執迷？」他搖頭，顯得大不以為然，對阿鳥露出自認瀟灑的笑容。

阿鳥卻瞪他一眼，閒閒地說：

「龜笑鱉無尾！一個興賭博，一個興查某，同款同樣啦！」

他訕訕地走開，一邊走，一邊翻出口袋裡的撲克牌，百無聊賴地坐到窗邊去撿紅點。

●

在幽深的眠夢中。

彷彿隔著一層玻璃帷幕，細漢阿部拉望見空間裡映現的一切，望見無數魂魄來來去去，以各種不同的眼神與表情瞠視著他，其中有他所陌生的，也有他所熟識的，他們像黑色的剪影，虛緲不實，卻緊抱著自己的沉重。

情況十分滑稽。細漢阿部拉忍不住笑出來。

其實只要放鬆，重量根本子烏虛有，然而他們卻如此執著，死命抱住自己，在虛象的映現中，吵吵嚷嚷，時而互相穿透、疊映，像是無數無數的影像，同時投映在一處，映演的卻是各自的戲碼，而戲中的影像，卻不察自己原來只是光的投射。

影像的流動如此紛亂，而且流速越來越快。

細漢阿部拉看得頭昏眼花，視覺裡也滿布星點光軌，迷離恍惚中，一位巫師忽從影像激流中析離而出。

「你！你！你——？」細漢阿部拉瞪大眼睛，那不是昔日從舊底片上逃逸的傢伙嗎？他一直都還留著那格偷偷剪下來的底片。

「我！我！我——怎樣？」巫師詭然而笑，猛然揚起寬袖。

一陣黑砂狂捲——

細漢阿部拉就如流質般被捲進去……。

……時間不知過去多久，黑色風濤終於止息。

細漢阿部拉惶惑地睜開眼，沒有發現巫師的蹤影，卻看見無邊無際的白雪大地，而他正流落於風雪交加的紐約街頭，像一頭喪家犬，形狀狼狽。

驀然，一輛火車如黑龍般從積深盈尺的白雪中飛竄而出，穿過岩壁嶙峋的奇怪洞穴。

洞穴後，景象迭變，軟如果凍的殷藍色大地上，倒插著一片片如西瓜切片般的血紅色尖山，上面的黑色西瓜子都掉落了，留下一個個小小的凹洞，凹洞裡卻種著一顆顆沒有毛髮的人頭，那些光溜溜的人頭，臉上五官俱足，或擠眉弄眼，或高談闊論，卻聽不到任何音聲，一切靜悄闃寂。

細漢阿部拉看見形狀狼狽的自己，踩過一顆顆光頭，走進好萊塢片廠搬道具。

接著，場景迭變，是一部電影正在開拍，那些高鼻子、金頭髮的阿督仔和皮膚黑烏烏的非裔演員說些什麼，他是十句聽懂兩句半，另外九句半用猜的，其中多出來的三句，則是他自己加上去。

那部電影叫什麼呢？——細漢阿部拉越想弄清楚，就越覺混淆，只隱約知道是《？？也瘋狂》，但「也瘋狂」的究竟是「？？」，卻曖昧不明。

更怪誕的是，一個轉身，他竟然已經買了那部片子的版權回到臺灣。果然是夠瘋狂的，《？？也瘋狂》在全省上映，躍居票房排行榜，鈔票如雪湧來，多得不知如何花用。

再一個轉身，如雪湧來的鈔票，又如雪湧出，投資在數部電影上。那些電影，所使用的拍攝器材，導演手法，較之臺語片盛興時期進步許多，卻也讓細漢阿部拉感到十分陌生，他走過去，想多了解一點，看來應該是導演的男人卻向他抱怨：「戲拍到一半，許不了卻不見了，這下真正是苦不了了！」細漢阿部拉疑惑地四下張望，遠遠地，在迷濛霧影之中，有個長相滑稽的矮小男子正要被幾個彪形大漢押走——

「他就是許不了，快，他被黑道控制了，快追！趕快把他追回來！」應該是導演的那個男人突然大叫，細漢阿部拉就慌急地追過去。

他一路跑，一路喘，胸口像火燒似地快爆炸開來了。

然而哪裡有什麼滑稽男子許不了和黑道人物？那些彪形大漢反倒是朝細漢阿部拉追過來，兇惡地向他討債。

情急下，細漢阿部拉一個不慎，栽進隱藏於地下的黑色洞穴裡。

視覺裡一片黑暗。

他摸索著，燈光忽亮，放眼望去，空間裡排列著幾十部拆開外殼的機器，機器二十四小時運轉著，輕而易舉地，就可以將電影轉錄進去一個個裝著膠卷的扁平黑盒子裡。

細漢阿部拉驚訝極了，那些電影都是尚未上映、或還在上映的新片子吶！

從懂事以來，他幾乎未曾錯過任何一部新電影，然而那些新片子竟沒有一部是他看過的，而他甚至能熟練操縱那些怪機器，並且祕密地把黑色扁平方盒子大量銷售出去。

他凝視著那些扁平黑盒子，好奇地想將之拆開來瞧瞧，卻隱約聽見激烈的喧囂，連忙循聲而去——

恍惚間，他看見激憤的人群，狂躁地揮舞著雙手，同時發現自己迅速地往下掉，倏忽跌回往昔——那應該是一九七〇年代吧？臺灣退出聯合國、中日斷交、保釣運動如火如荼，與政治情勢無直接關係卻緊密相連的電影業，大量出現如《英烈千秋》、《梅花》等電影，票房不錯。此其時，也正逢臺灣經濟起飛，蘇澳港開工，尤豐喜攬得幾筆工程，加上郭月鳳借錢開設成衣加工廠專做外銷，賺了不少錢，尤家事業因投資臺語片失利造成的虧空得以彌平。細漢阿部拉永遠不會忘記，正是那個時期，他萌生了要拍一部偉大電影的念頭，極力慫恿尤豐喜投資，未料壯志未酬，尤豐喜卻就病逝——

奇怪，換帖的頭家不是已經死翹翹？怎麼還擠在人群裡？細漢阿部拉又驚又喜，放聲大喊：

「換帖的頭家——！大漢阿部拉——！我在這裡啦！我已經想好那部電影要怎樣拍，敢不敢賭?!

不是我在臭屁啦，電影若讓我攝，絕對是轟動武林，驚動萬教——」細漢阿部拉興奮的聲音卻哽在喉嚨，而尤豐喜也未如往昔般回答：「我有什麼不敢賭的？敢拚，我就挺你！」反倒是人群突然鼓噪起來，細漢阿部拉驚惶迴身，發現時間不知又已流向何年何時？鼓噪的人群怒喊著：「反盜錄！反盜錄！」把成千上萬澆上汽油點燃的扁平黑盒子，朝他兇狠地摔過來。

細漢阿部拉嚇得拔腿要跑，一個踉蹌，頭卻栽進火堆裡，昏死過去前，最後一個印象是，換帖的頭家尤豐喜悲哀地瞪著他，嘆氣搖頭說：「枉費少年，這麼執迷？」

●

時間不知過去多久？阿鳥也沒有計算過。

或許是一個月、兩個月？或許是半年？一年？

在幽長的沉睡中，原本黑髮粗硬、骨壯肉厚的細漢阿部拉，失去營養的黑髮，像被火烤過似地，變得乾枯焦黃，並且快速泛白，整個人也瘦下去，身形逐漸縮水一般，越來越乾，越來越癟，甚且越來越小。

這過程中，偶爾會有電話響起，阿鳥從來不接，偶爾有人來訪，阿鳥也對敲門聲、電鈴聲充耳不聞。

起初，由於細漢阿部拉排定的影片，仍陸續按檔期寄至，所以阿傳等人並未生疑，只是抱怨：「牛牽到北京還是牛，伊的死個性若會改，路邊狗屎也能吃啦！」，然而時日漸久，一個人就像憑空消失般，怎麼也聯絡不上，就未免奇怪了?!

在阿蘭的催促下，阿傳與阿隆一起北上。

他們敲了半天門，卻無人回應，只好破門而入。

入眼的先是種了滿花臺的蔬菜、在陽光中曬得發亮的滿繩衣物，好一派悠閒適意的人間景象；然而當他們進屋，卻當場傻眼了——室內固然秩序井然，纖塵不染，但躺在床上的細漢阿部拉卻瘦小得像一具乾屍，灰蒼的髮，又毛又燥，像霉壞的椰殼絲覆在頭蓋骨上，眉毛幾乎全掉光了，雙頰深深凹陷下去，稜瘦的鎖骨高高聳起在細弱多皺的脖頸下，雙眼緊閉，呼吸微弱得幾乎難以察覺，勾著臉，蜷縮著，動也不動。

而阿鳥正跪著擦地板，看見他們，揚起圓胖的笑臉，打了聲招呼：「噢，恁來啊？」

驚魂略定的阿傳與阿隆，十萬火急地要將細漢阿部拉送到醫院救治。

但阿鳥卻張開肥壯的胳臂，攔在床前。

「阿鳥姨，妳實在是老番顛，越老越憨，人生病就該送去看醫生，不能拖啊……」

無論阿傳和阿隆怎麼軟硬兼施，阿鳥就是不肯讓步，倔著一張胖臉，護住床，不讓任何人驚擾沉睡中的兒子。

阿傳無奈，只好急電郭月鳳。

第二天，郭月鳳和阿蘭就趕來了。

見到細漢阿部拉竟變得如此，阿蘭忍不住落淚。

郭月鳳仍是一派沉穩，處事明快。

「伊雖然是妳的囝仔，照理說，我是要尊重妳的意思，但是我不能見死不救，」郭月鳳看了阿鳥一眼，又說：「難道妳甘願目睭睜睜看伊死？也不讓伊就醫？若按呢，妳就是間接殺子，恐怕會被捉去監獄關——」

「看醫生——無效啦！」一直堅決沉默的阿鳥，總算囁嚅地開了口。

「有效無效，沒試不知，我已經通知救護車，應該馬上就會到了，妳看——是不是先準備住院要用的衫褲、物品，記得帶面盆和熱水瓶。」郭月鳳抬手看了看錶，淡淡地說。

「頭家娘啊，免啦，阿山最討厭醫生館，我連生伊都沒進醫生館，伊絕對住不慣習……」

阿鳥哀告半天，見郭月鳳仍不為所動，竟生氣了，她衝到床邊，摑著兒子瘦癟無肉的臉，罵著說：「死囝仔，猴齊天，要死快死，若不死，就緊醒來，若害你母啊去坐監獄，我就先損得給你哎爸叫母，免肖想我跟你去醫生館住，替你撂屎撂尿……」

「阿鳥姨——，妳是瘋啦，不要這樣——」

阿傳與阿隆使勁拉開阿鳥，阿鳥卻仍是罵罵咧咧地。

混亂間，救護車咿哦咿哦趕到。

救護人員衝上樓——

細漢阿部拉卻在此時奇蹟式地醒了過來。

●

奇蹟般清醒過來的細漢阿部拉，在其似乎漫長卻又短如一瞬的生涯中，越來越深刻體認到，原來，時間果真是一種不可靠的存在。

昏睡時如此。

清醒時亦是如此。

人們發明曆法，依著鐘錶，來推算時間，然而，他不僅一次察覺，在時間裡流轉的人、事、物，卻往往逸出人們所認知的時間表。

當一個人專注於某件事時，幾個小時轉瞬而過，處於不耐煩狀態時卻又度日如年，這是相當普遍的經驗；但問題並不在這裡，時間長短與時間刻度之間的謬誤，不單純是感覺問題——而是一種極為複雜——真實，而不可靠的對應關係。

當他還是囝仔屁阿山時，穿著麵粉袋縫製的開襠褲、流著兩管鼻涕、四野瘋玩，每天的時間，總像過不完似地，又長又緩慢。

有時候，他感覺自己明明已經在外流連好幾晝夜，餓得四肢乏力，回家找吃的，阿烏塞給他一個饅頭，管家阿婆卻叨叨唸說：「才吃飽出去玩沒幾分鐘，又餓了？一定是腹肚有蛔蟲……」害他被迫硬吞了好幾次打蟲藥，結果半隻蟲也沒打出來，白白瀉了肚子。

另有一回，他因細故被老母阿烏痛揍，小小的心靈頗受傷害，決定離家出走，款收了一大罐贏來的彈珠、尪仔標、壓扁的酒瓶蓋，說服一干鄰居孩子，也同時帶著重要家當，與他共襄盛舉。

原本說好一道入深山修練，武功不成，誓不返家，但帶來的零食吃完，卻未見仙山名師出現，大夥兒意興闌珊，漸作鳥獸散，終於只剩阿山在廢棄的防空洞裡苦撐局面。

他可是分秒沒閒著，靠著曾經看過的武俠漫畫、電影裡學來的招術，加上個人的獨特創見，大練其武——

果然天地日月長，洞裡乾坤大，瞬間他但覺老了好多歲，終於練就金剛不壞之身，心想老母阿烏一定不知怎麼哭瞎了眼睛，為痛失親兒搥胸頓足，後悔欲死，於是決定下山瞧瞧。

未料，進了家門，老母阿烏不僅沒有抱著他流下驚喜之淚，更無絲毫激動，反倒賞了他一記爆栗子，破口大罵：「死囝仔，猴齊天，還不緊去洗渾身？昨暝跑兜去？耍得一身污漉漉！」離家出走的壯舉就此落幕，未在人間引起絲毫波瀾。

及至成年，趕上臺語片的風雲時代，他日夜顛倒，忙得無日無夜，一天當數天用，在短短幾年內，完成了許多人可能一生也拍不完的片子。

而當他莫名地陷入昏睡，據阿隆、阿傳推測，他是病了將近四個月才被發現，至於一干在那段時間裡找不到他的朋友們則說，他是失蹤了差不多有半年之久，但阿鳥卻不用推算，就肯定他差點把好幾輩子都一併睡死了。

但在他來說，卻是才睡了一覺，躺下去，沒多久，就被吵醒了。

無論如何，按照世間的一般解釋，他又奇蹟式地「活」了過來。

雖然經過長時間未進飲食，但細漢阿部拉卻一點也不餓，只是渾身燥熱、奇渴難耐。

他整天大口大口地灌水，沒幾日，乾屍般的身體就吹氣似地腫漲起來，肥胖得像個相撲手，但卻不是長肉，而是顯得浮腫，手指頭一按，皮膚就深陷下去，久久復原不了。

經過一段時間的調養，水腫現象總算痊癒，但再度消瘦下去的模樣，卻像個老頭子，白髮稀疏，皺紋滿面，全身搭拉著一層層鬆弛的皮；又經過一段時間，細漢阿部拉才總算可以正常飲食。

究竟該算幸或不幸呢？他的生命時序大大違常，提前預見自己衰朽的老相，再又漸漸脫離老相，活回盛壯的模樣——鬆弛的皮肉恢復彈性，強健的體格較年少時略矮瘦了些，卻依舊高大挺拔，稀疏的毛髮漸漸茂密，但或許是體內色素的奇特變化，自此後，他的髮再不曾黑過，銀白得發亮，而終其一生，他也未曾恢復以往那般旺盛的食慾，多吃一點就會反胃嘔吐。

●

恢復人們所認為的健康狀態後，時間的速度，相對於細漢阿部拉的生命而言，忽然變快了，而且越來越快，快得彷彿白天才睜開眼睛，還沒做什麼事，一下子就又天黑了，而一天又一天地，不是他在度過時間，反倒更像是時間在推湧著他，莫名其妙地隨之起伏翻滾。

在細漢阿部拉養病的那段時間裡，為了戲院生意的正常運作，阿傳已轉聘其他人接替排片職務，無意再接續原有工作的他，先是仍混跡於西門町，不久就跑船去了。

很長一段時間，家鄉都沒有細漢阿部拉的消息，只傳說他後來在美國跳船偷渡，過得十分落魄。

有一回，阿鳥接獲一個美國寄來的包裹，包裹裡有兩盒昂貴的西斯巧克力，內附勝利女神明信片一張，明信片背後用彩色筆畫著一隻笑瞇瞇的猴子，猴子穿著破破爛爛的小丑裝，一隻手上停著鳥，另一隻手上開出蘭花，此外別無隻字片語。阿鳥笑瞇著依舊清亮的老眼，一路吃著巧克力，把另外一盒巧克力擰去給阿蘭，「這阿督仔糕仔做得黑漉漉，不過真甜真好吃，妳吃看嘜咧！」阿鳥三兩下就把整盒巧克力嚼得精光，阿蘭勉強吃了一顆，眼淚卻簌簌落下來。

當天下午，阿蘭就到相熟的銀樓去。

「沒有戶頭，只有地址，錢送得到送不到？很難講喔——。」銀樓的朋友有點為難，但答應儘量試試看。

雖然當時外匯管制仍然嚴格，但銀樓的黑市運作，自有其輾轉變巧的辦法。

一段時日後，細漢阿部拉竟然真的收到了，面對昔日寄存在阿蘭身邊的那一大筆錢，細漢阿部拉搔著滿頭灰銀色的亂髮，還真不知道該怎麼花？彼時，在好萊塢片廠非法打工搬運道具的他，下工後，買了幾十個漢堡，坐在公園裡吃，卻才吃了第二個，就飽漲了，勉強塞進第三個，就噁吐得唏哩嘩啦。

那天晚上，他竟然拒絕邀賭，反而去找同在片廠打工的幾個美國青年。他們對於電影滿懷憧憬，計畫要買一部片子，卻苦於籌不足資金，雖然加了細漢阿部拉挹注的那筆錢，連大卡司強片的片尾巴也仍買不起，但大家卻興奮得不得了，討論再討論，決定以一萬美金的低廉價格，先買進一部電影。

那部電影內容述及非洲原始部落遭文明入侵，情節單純滑稽，既無大卡司、導演也籍籍無名，自拍攝完成後，美國片商缺乏信心，就一直丟在倉庫裡，乏人問津。即使忝列「大股東」之一，細漢阿部拉根本沒看過那部電影，對於股東們的熱烈討論，也是左耳進，右耳出，全沒聽進心裡，只知道片名約莫叫做「？？也瘋狂」，至於「也瘋狂」的，究竟是「？？」，他懶得探究。

沒想到那幾個美國青年，積極運作，終於讓蒙塵多年的片子順利排上院線，上映後，竟締造驚人票房。

那部電影來到臺灣上映時，一樣造成轟動。

簡直比賭博還要更像賭博，一夕之間，曾經流落於紐約街頭，在風雪中三餐不繼、後來又流落到加州，勉強非法打工度日的細漢阿部拉，突然又成了傳奇人物，那部電影究竟賺進多少鈔票，他數也數不清。

有錢了，回到臺灣，他的日子除了賭博，仍然只有電影。

那時節，臺灣正是黑社會電影當道，馬沙、吳冠雄、許不了、陸小芬、楊惠姍等影星紅透半邊天，細漢阿部拉儼然製片人，但他自己並不拍片，只是投資，竟也狠賺了一陣子。

但電影圈的情況越來越複雜，演員一紅，就像是一塊肥肉，許多片商你搶我奪地，片約糾紛鬧得不可開交，黑道介入後，更是一片腥風血雨。

細漢阿部拉投資的幾部片子，也曾因片約糾紛鬧上法庭。利字當頭，朋友可能忽然就反目成仇，搶片子、搶演員，電影圈紛紛擾擾的歷史，一再重演，只是手法更兇殘。而隨著電影科技日新月異，電影的投資成本也越來越大，廣告費越來越驚人，但各種類型的電影，票房起落卻沒個準頭，觀眾的好惡說變就變，紅極一時的黑社會電影，很快又走下坡了。

由於投資成本太大，因著幾部片子票房失利，細漢阿部拉頓時負債累累，甚至被債主雇請的黑幫份子追殺。

真是成也電影，敗也電影，投入電影工作大半生的細漢阿部拉，唯一懂的，也只有電影，為了還債，他竟然偷偷幹起了「電影大盜」。熟門熟路的他，深悉這個行業的運作細節，俗話說：「有錢能使鬼推磨。」，套點老交情，加上足夠的賄賂，往往一部新片子的拷貝才剛送達電影公司，或在試片階段，他就已經攔截在先，又或者，利用跑片的過程，取得拷貝……，手段無所不用其極。

一切如此荒謬。

當錄影機出現，細漢阿部拉第一次看到專業用的¾母帶，以及家庭用的BATA、VHS錄影帶時，他忍不住大笑，內心卻一陣陣驚悚，由脊背發麻到了頭頂。他不知道自己在笑什麼，也不知道自己在怕什麼，只覺得無限慌亂，彷彿這一切的一切，他早已經歷過，而且不只經歷過一次。

是的，應該不只經歷過一次。他記得當時自己還緊張得發起抖來。

然而他卻無法改變再度經歷的命運。

那個階段，臺灣電影界遭逢二度重挫，情況較電視普及於臺灣時，更嚴重許多，錄影帶店成為新興行業，快速蔓延，同一條街裡，可能就出現數家，互相競爭，觀眾們窩在家裡，錄影帶一放，就可以欣賞電影，不必跑到戲院。戲院界唉聲遍野，單是羅東一地，就有無數家戲院在那個階段結束營業，東城戲院、大東戲院改建為商業大樓，來來戲院變成市場、大光明戲院也改建成大樓後分售為商場……

尤家戲院同樣慘遭打擊，幾乎經營不下去，哪裡還能借錢給細漢阿部拉還債呢？

而細漢阿部拉經營盜錄牟利的作為，對於電影工業的慘況更是雪上加霜！他何嘗願意知法犯法？但反正他就是幹了，還幹得有聲有色，盜版影帶甚且供應全省。

不過反彈聲浪漸高，政府既然取締無力，電影公司只好自力救濟，紛紛自設法調部門，好幾次，細漢阿部拉差點被逮個正著，險險脫逃後，回羅東躲了一陣子，見苗頭不對，就乾脆收起盜版事業，沒多久，搖身一變，竟然在某家電影公司幹起法調人員。

那家電影公司，除了自營戲院外，發行業務兼及洋片、港片、國片，還設有專門的錄影帶發行部門。細漢阿部拉的工作，是專門稽查非法盜錄的錄影帶店，逮到證據，就逼他們與電影公司簽約，此後由電影公司在電影下院線後提供錄影帶出租。

還有誰比細漢阿部拉這個盜錄業的祖師爺更了解內幕？他閉著眼睛，都知道哪家錄影帶店在搞啥鬼，那些錄影帶店老闆免不了要抱怨，細漢阿部拉總是皮皮地咧嘴笑著說：「人在江湖，身不由己嘛！」

光陰倏忽而過。

這林林總總的事情彷彿才在昨日發生，轉眼間，人間歲月竟已過去許多年。

細漢阿部拉驀然發現自己變老了，越來越像昔時才從幽長沉睡中初初轉醒時的模樣，豐厚的銀髮又逐漸稀疏，臉上生出皺紋，挺拔的背脊也略痀了。

依舊孑然一身的他，經濟狀況時好時壞，但即使窮到只能吃泡麵度日，他依舊神情愉悅，趿著夾腳拖鞋在西門町四處晃，幾乎不曾錯過任何一部電影。無論是好萊塢風格的商業電影、影展得獎的各國電影，以及所謂的「學生電影」、「文學電影」或「新浪潮電影」，他都看得津津有味，偶爾發發牢騷，偶爾發發議論。

也不知是巧合，亦或真有先見之明，當《光陰的故事》預備上映時，他才看完試片，就說：「這款電影，可能會紅一陣噢！」但是當《賭神》締造了全省將近兩億元的超高票房時，細漢阿部拉卻聳聳肩說：「賭片到這裡差不多囉啦！」而拿到坎城影展大獎的《悲情城市》轟動全臺灣時，他則咧嘴笑著幹了一聲說：「臺灣電影再這樣下去，要死卡緊啦！」有些人當他的話是放屁，有些人卻覺得似乎有點道理，急著追根究柢，細漢阿部拉的結論倒也簡單：「電影成本越來越高，不管你一部電影內容有多高深啦，若歹看，或者是讓觀眾看得霧煞煞，歸尾是貓仔兩三隻，穩了無賺，自己拍爽的，有啥肖路用？只是害死片商不敢投資……」

閒來無事，他就到各家電影公司去串串門子，尋找——或者等待機會，預備將來認真拍一部好電影，信心滿滿的他，總是這麼告訴電影界的後生晚輩：「這齣電影叫做《戲金戲土》，敢賭否？不是你爸在愛臭屁，電影若給我攝，就像老鼠在鑽牛角，穩當當——坦白說一句啦，若無轟動武林，也絕對驚動萬教，想起彼當時……」

說著說著，頭頂白髮稀疏的細漢阿部拉，依舊黑亮的眼眸忽而就猝然潮濕，湧上一層淡淡水光，那不是淚，而是一種沉醉於眠夢般的迷離之色。

往事就像倒帶的影片一般，在迷離之色中映現，穿越意識，而越早之前的事物，影像越清楚，在奇蹟式醒來後所經歷的一切，卻像快轉的影片般，印象紛亂模糊，人生的後半片段裡，什麼時候做過什麼事？時間點零散錯置，往往連他自己也搞不太清楚。

奇怪的是，無論是許多年前，或是許多年後，也無論是在家鄉，或身在異域，每當他的人生來到這裡，眼前就會忽然一片大亮，仿若有陽光撲掩而至，把一切浸沐於流金晃耀之中。

接著——

接著，他就會聽見座椅翻動的咿咿啞啞的聲音，以及雜沓的腳步聲、說笑聲，那樣的聲音，他熟悉得不能再熟悉了，那是電影散場時，有些觀眾等不及片尾映完，就紛紛起身，離開座位——

他既驚且懼，駭然扭過頭來，瞪大眼睛。

「等一下再走啦，看完片尾，是對電影起碼的尊重，你們懂不懂？」

「囉嗦，片尾有什麼好看的？」

「不會呀，我倒覺得片尾很有趣耶——」

銀幕上，細漢阿部拉驚恐的眼，越來越大，越來越大，逐漸佔據大半個銀幕，而黑亮的瞳孔映現出幢幢人影，長串的字幕壓行而過。

「什麼《戲金戲土》？就這樣結束啦？沒頭沒尾的，好怪！」

「哪會呀?!是你自己沒sense，新電影都嘛這樣拍！」

「你才沒sense，誰說新電影就要這樣拍？」

銀幕上影像消失的瞬間，細漢阿部拉混亂的意識，也霎時跌落無邊的深沉黑暗之中。

時間不知過去多久……

……或許只是上一場電影與下一場電影的清場時間，或許是歷經了時間無涯的虛妄與永恆……然後，沉寂的意識再度浮升……

……黑色風暴狂捲而來——

陡地，視域的邊緣漾起火光，照亮奇異的天空。

高廣的天空下，一位巫師展開巨大斗篷御風疾飛，身後拉開一長串的黑色剪影，一個挨著一個的黑色剪影，緊緊抱住自己，踉踉蹌蹌地，跳著滑稽的舞步……擾嚷的樂聲驀然從四面八方傳響……。

樂聲中，細漢阿部拉微瞇的雙眼，恍惚穿透時光，又看見了遙遠遙遠以前，正宗臺語片《薛平貴與王寶釧》要在羅東上映的那個遊行的午后——

九歌文庫 1220

戲金戲士

著者　楊麗玲
責任編輯　鍾欣純
創辦人　蔡文甫
發行人　蔡澤玉
出版發行　九歌出版社有限公司
臺北市八德路3段12巷57弄40號
電話／25776564傳真／25789205
郵政劃撥／0112295-1
九歌文學網　www.chiuko.com.tw
印刷　晨捷印製股份有限公司
法律顧問　龍躍天律師・蕭雄淋律師・董安丹律師
初版　2016（民國105）年4月
定價　**250元**

書號　F1220
ISBN　978-986-450-051-2
（缺頁、破損或裝訂錯誤，請寄回本公司更換）

國家圖書館出版品預行編目資料

戲金戲士 / 楊麗玲著. -- 初版. -- 臺北市 :
九歌, 民105.04
面； 公分. -- (九歌文庫 ; 1220)
ISBN 978-986-450-051-2(平裝)

857.7　　105002962